無生錄

무생록

FANTASTIC ORIENTAL HEROES

이민섭 新무협 판타지 소설

# 무생록 7

**이민섭 新무협 판타지 소설**

초판 1쇄 찍은 날 § 2014년 4월 28일
초판 1쇄 펴낸 날 § 2014년 5월 1일

지은이 § 이민섭
펴낸이 § 서경석

편집부장 § 권태완
편집책임 § 정수경

펴낸곳 § 도서출판 청어람
등록번호 § 제387-1999-000006호
등록일자 § 1999. 5. 31
어람번호 § 제2-2489호

주소 § 경기도 부천시 원미구 심곡2동 163-2 서경B/D 3F (우) 420-822
전화 § 032-656-4452팩스 § 032-656-4453
http://www.chungeoram.com
E-mail § chungeorambook@daum.net

ⓒ 이민섭, 2013

ISBN 979-11-5681-995-0 04810
ISBN 978-89-251-3563-2 (세트)

無生錄

7

무생록

이민섭 新무협 판타지 소설

FANTASTIC ORIENTAL HEROES

청어람
도서출판

第一章

재능

무생록

마교에서 가장 재능이 없는 아이들을 맡은 무생은 조급할 만도 하지만 늘 그렇듯 너무나도 여유로웠다.

　어느 하나 급한 것 없다는 듯 하나하나 천천히 적룡대의 살림살이를 점검하고 있었다.

　삐쩍 마른 아이들에게 사냥하는 방법을 알려주고 추위에 벌벌 떠는 아이들에게 집 짓는 법을 알려주었다.

　적룡대라고는 하지만 그저 이름뿐이었다.

　스물이 간신히 넘는 숫자는 다른 대에 비해서 현저히 적었고 다른 이들이 경멸할 만큼 무공 역시 초라했다.

마교는 강자지존이라 애초부터 약한 싹이라면 방치했다.

그것이 마교를 중원의 두려움으로 만든 원동력이기도 했다.

"스승님! 토끼를 잡았어요! 스승님의 말씀대로 상처 하나 없이 잡았어요!"

토끼의 귀를 움켜쥐며 앞에 나타난 아이들이 보였다.

처음에는 여자와 남자의 구별이 힘들 정도로 말라 있었는데 보름이 지난 지금은 제법 살이 올라 제 모습을 찾아갔다.

무생이 보양에 신경을 쓴 탓에 소년, 소녀라 부를 만한 모습이 된 것이다.

앞에 몰려와 자랑을 하는 아이들을 보며 무생은 고개를 끄덕였다.

"잘했다."

토끼는 상처 하나 없이 깨끗했다.

아이들이 얼마만큼 감내하고 잡았는지 알려주는 대목이었다.

정에 굶주려 있던 아이들이 무생의 칭찬 한마디를 듣기 위해 새벽잠과 싸워가며 잡은 토끼였다.

이제는 능숙하게 가죽을 벗기는 아이들을 보며 무생은 고개를 끄덕였다.

먹고 사는 문제를 해결한다는 것은 다음 길로 가는 중요한 일이었다.

'어느 정도 되었군.'

소년, 소녀들은 서로 도와가며 무생이 알려준 것을 착실히 행하고 있었다.

숲에서 먹을거리를 구해오고 나무를 잘라 숙소를 만들었다.

간단한 일이었지만 무생은 한 동작 한 동작 처음부터 끝까지 알려주었다.

호흡을 하는 법과 걸음걸이, 각종 자세까지 각자에 맞추어 알려준 것이다.

"스승님."

소년이 무생의 앞에서 공손히 인사했다.

적룡대의 맏형이었는데 아이들은 소년을 대사형이라 불렀다.

이름이 없는 아이가 대부분이었다.

무생은 손수 아이들에게 이름을 지어주었다.

눈앞의 소년 역시 그러했는데 무생은 무극(武極)이라는 이름을 주었다.

"저희가 비무 대회에 나간다는 것이 사실입니까?"

"흑수가 말해준 건가?"

"네."

무생이 짐작하며 말하자 무극은 고개를 끄덕이며 말했다.

"그렇다."

"하지만 어찌 저희가… 저희가 이기지 못하면 스승님께서는……."

"너희는 반드시 이긴다."

무생의 말을 무극은 믿을 수 없었다.

적룡대에서 가장 뛰어난 무공을 지니고 있기는 하지만 간신히 삼류를 벗어난 수위였다.

마교에서는 쓰레기 취급을 당해도 이상하지 않았다.

선천적으로 혈맥이 약한 탓에 무극은 무공을 제대로 익힐 수 없는 체질이었다.

무생은 두려움이 가득한 무극의 눈빛을 보고는 그의 머리 위에 손을 얹었다.

"무엇이 두렵지?"

무극은 무생에게서 시선을 떼어, 웃고 있는 아이들을 바라보았다.

그리고는 다시 무생과 눈을 맞추었다.

"경멸이나 무시는… 두렵지 않습니다. 죽음 역시 다가올 것임을 알기에 참을 수 있습니다. 하지만 우리에게 미래가 없다는 것이… 가장 두렵습니다."

무생은 무극의 머리를 헝클었다.

"그럼 일단 맛있게 먹고 충분히 잠을 자거라."

"네? 그러면 수련은 언제……."

"그것이 지금 네가 배워야 할 무공이다."

무생은 더 이상 말을 하지 않았다.

비무 대회까지 남은 시간은 충분했다.

충분하다 못해 여유가 넘칠 정도였다.

다른 이들이 보았다면 무생을 향해 손가락질을 할 테지만 무생은 남은 시간으로도 충분하다 못해 넘친다고 생각했다.

그렇게 확신했다.

아니, 그것은 확신이 아니라 사실이었다.

            *          *          *

아이들은 제법 사람 몰골이 되어갔고 잊고 있었던 웃음을 되찾았다.

무생의 지시로 무공 수련은 전혀 하지 않았고 충분히 먹고 자는 일에 주력했다.

비무 대회에 참가한다는 소식 때문에 마음에 불안감은

있지만 아이들은 무생을 완전히 믿었다.

그 누가 자신들을 위해 손수 요리를 해주고 이것저것 가르쳐 준단 말인가.

버림받았던 아이들에게 있어서 무생은 한 줄기 빛과도 같은 존재였다.

때문에 무극을 포함한 아이들은 무생의 지시는 무슨 일이 있어도 따랐다.

조금은 힘든 방식으로 사냥을 하고 숙소를 다시금 지어갔지만 불평불만이 있을 리 없었다.

오히려 어느 때보다도 신 나는 듯 얼굴에 웃음이 가득할 뿐이었다.

'제자인가.'

무생은 자신을 따르는 아이들을 보며 조금은 따듯한 감정을 느꼈다.

순수한 아이들의 눈망울이 아직은 굳어 있는 마음에 닿았다.

아이들의 패배감이 가득했던 눈빛도 조금은 열어져 있었다.

무생은 가만히 앉아서 아이들을 바라보다가 뒤에서 접근하는 기척에 살짝 고개를 돌려볼 뿐이었다.

"무공 수련을 시키지는 않고 먹고 재우기만 하고 있다고 들었다."

마화였다. 호위 무사를 대동하지 않은 채 홀로 적룡대가 있는 곳에 온 것이다.

그녀는 건강해진 아이들을 바라보다가 무생에게로 시선을 옮겼다.

무생은 그녀의 존재를 전혀 신경 쓰지 않는다는 듯 그대로 있을 뿐이었다.

"지금이라도 포기해라. 그만둔다면 없었던 일로 해줄 수 있다."

그녀의 눈빛은 조금씩 흔들리고 있었다.

마교 내에서 누구보다 냉정해야 할 그녀가 고작 쓰레기라 불리고 있는 적룡대 때문에 흔들리고 있었다.

마교인들이 알았다면 적룡대를 제거했을지도 몰랐다.

무생은 그녀의 말에 잠시 침묵을 지키다가 입을 떼었다.

"무극은 키가 조금 컸다. 연이는 살이 제법 올랐고. 무천과 무해는 자신감이 생겼지."

"…무슨 말을 하는 거지?"

"준비는 이 정도로 충분해. 그대가 보기에는 어떤가?"

그녀는 차가운 눈빛으로 무생을 노려보았다.

잠시 입술을 달싹이다가 입을 떼었다.

"여전히 약하군."

"그런가?"

그녀는 조금은 슬픈 듯이 아이들을 바라보다가 등을 돌렸다.

"지켜보겠다."

"얼마든지."

무생은 신법을 전개해 사라지는 그녀의 뒷모습을 보다가 희미한 미소를 지었다.

단순히 적룡대를 강하게 만드는 것에 그치지 않고 제자로 생각하기로 했다.

'조금은 진심이 되어야겠군.'

마교를 둘러볼 목적으로 온 유희에 가까운 여정이었으나 무생은 아이들을 제대로 가르치기로 마음먹었다.

선계에 있는 광노도 그것을 바랄 것 같았다.

"너희는 내 제자다."

아무도 듣고 있지 않지만 무생은 그렇게 말했다.

그 순간 무생은 아이들을 제자로 받아들였다.

어떠한 형식이나 예절에 구애를 받는 것이 아닌 그들이 가르침 받을 수 있는 것을 전해주는 스승이 되기로 마음먹은 것이다.

무생이 수련동으로 다가오자 무극이 하던 일을 멈추고

깊이 고개를 숙였다.

"들어오지 말거라."

"예, 스승님."

"내가 나올 때까지 몸조리를 잘 시키도록."

무극은 눈을 동그랗게 뜨고 무생의 말을 이해하기 위해 애썼다.

"너는 제자들의 대사형이니 네 책임이 막중하다."

"대… 사형……."

무극은 감동한 듯 눈시울을 붉혔다.

"밥은 절대 굶지 말고 충분히 자거라."

"알겠습니다, 스승님."

다기 깊게 허리를 숙이는 무극을 지나쳐 수련동 안으로 들어갔다.

수련동이라고는 하지만 그저 동굴일 뿐이었다.

제대로 된 무기도 없었고 공간 역시 협소했다.

무생은 수련할 기반을 다지기 위해 수련동 안으로 들어 갔다.

환기가 되지 않았고 바닥이 울퉁불퉁해 도저히 수련할 곳으로는 보이지 않았다.

벽곡단이 쌓여 있기는 했으나 반절 이상이 상했거나 썩 어 있었다.

누가 보더라도 최악이었다.

수련동이란 이름보다는 차라리 감옥이라는 말로 표현하는 것이 옳을 것이다.

"나쁘지 않군."

하지만 무생의 시야는 남달랐다.

지금 눈앞에 있는 절망적인 곳을 바라보기보다 이곳이 가진 가능성을 보았다.

천년산맥의 기운이 관통하는 곳이었고 지반이 단단하여 확장을 한다고 해도 무너질 염려가 없었다.

게다가 마음에 드는 이유가 또 있었다.

무생은 몇 걸음 걷다가 멈춰 서고는 아래를 바라보았다.

쾅!

바닥을 강하게 밟자 균열이 생기며 땅이 꺼졌다.

처음에는 그저 꺼진 땅만 보이다가 천천히 무언가 솟아오르고 있었다.

"좋은 물이군."

저 바닥의 아래에 있는 수맥을 충격을 주어 끌어 올린 것이다.

천년산맥의 기운이 잠들어 있는, 영약과도 같은 물이었다.

곧 사라졌지만 무생은 수맥을 끌어오는 방법을 잘 알고

있었다.

득도촌에서 뇌노가 썼던 방법을 이해하고 있었기 때문이다.

"우선……."

동굴을 넓히는 것이 먼저였다.

단단한 암석으로 이루어져 있었지만 신경 쓸 것은 아니었다.

얼마나 단단하든 무생의 염강기를 당해낼 수는 없었다.


무생록(無生錄) 이식(二式).


무생은 오랜만에 무생록 이 단계를 개방했다.

주위로 폭발적인 선천지기가 솟구치더니 염강기가 되어 휘몰아쳤다.

휘이이!

염강기가 무생의 의지대로 사방으로 휘몰아쳤다.

벽면에 닿자 말 그대로 벽이 증발되듯이 사라지며 빠르게 공간이 확장되기 시작했다.

화끈한 열기가 가득했다.

울퉁불퉁했던 바닥이 놀랄 만큼 반듯하게 변해 버렸다.

단지 손을 한 번 휘저은 것만으로도 염강기가 빠르게 퍼져 나간 것이다.

선천지기를 가라앉히자 드러난 것은 굉장한 크기가 되어
버린 실내였다.

마교 내에서도 이렇게 큰 수련동은 찾아보기 힘들 것이
다.

자연적으로 절대 생길 수 없는 크기였으니 말이다.

무생은 손을 털며 여러 가지 구조를 만들기 시작했다.

벽에 구멍을 뚫어 공간을 확장시켜 창고를 만들었고 여
유분으로 큰 방 몇 개를 더 만들었다.

과거에는 곡갱이로 산을 파냈겠지만 이제 그런 것 따위
는 필요 없었다.

지금의 무생이라면 영생산 자체를 조각품으로 만드는 것
도 가능할 것이다.

"조금 심심한 느낌이군."

막상 크게 뚫어놓으니 너무나 휑했다.

무생은 반듯한 바닥과 벽을 바라보다가 천천히 손을 움
직이기 시작했다.

조각이라도 할 생각이었다.

염강기는 충실한 무생의 붓이 되어주었다.

이기어검의 경지를 훨씬 뛰어넘은 수법으로 벽에 그림을
그리고 있으니 누가 본다면 피를 토하고 주화입마에 걸릴 것이다.

그만큼 무생이 아무렇지도 않게 행하는 모든 것은 그 누구도 꿈꿀 수 없는 상승무학이었다.

하나, 아무리 뛰어난 것들이라도 쓰는 사람이 하찮게 여기면 하찮은 것이었다.

무생에게 있어서는 단순히 편리한 도구에 지나지 않았다.

"흠……."

무생은 손을 놀려가며 벽면에 그림을 그리듯 조각하기 시작했다.

심심한 느낌을 없애려 시작한 것이었지만 득도촌의 풍경을 그릴 때는 이미 무아지경 상태였다.

무생이 묵묵히 그렇게 손을 놀리다가 멈췄을 때는 꽤나 시간이 지난 후였다.

벽면을 가득 채운 역동적이고 화려한 그림들은 제법 많은 심오한 의미를 내포해 놓고 있었다.

상승무학을 바라는 무인들이 왔더라면 몇 년 동안 좌선해서 득도를 할 수준이었다.

"괜찮군."

텅 빈 공간이었음에도 꽉 차 보여 마음에 들었다.

동굴을 뚫고 나갈 것 같은 용이나 금방이라도 날갯짓을

펼칠 것 같은 봉황은 단지 조각되어 있는 것임에도 공간을 가득 채우는 존재감을 발휘했다.

그 자체에서 기운이 뿜어져 나와 삼류무사라면 감히 바라볼 수 없을 정도였다.

"흠."

공간도 제법 늘려놨으니 이제는 수맥을 끌어 올릴 차례였다.

무생은 천년산맥의 기운을 이용하여 기문진을 짰다.

뇌노의 기문진은 무생에게 아주 좋은 참고가 되었다.

한쪽에 구멍을 뚫자 기문진이 작동하며 물을 바닥 위로 끌어 올렸다.

게다가 천년산맥의 기운을 수련동 안으로 응집시켜 밖의 몇 배나 되는 기운이 흐르고 있었다.

천년산맥의 깊은 곳에 있던 수맥은 맑은 기운을 포함하고 있어 수련하는 이에게 막대한 도움을 줄 것이다.

무생에게는 단순히 목을 축이거나 씻는 것 이외에 것은 아니었다.

물을 잘 흐를 수 있도록 만들고 여러 군데 고이게 만들었다.

씻을 수 있는 곳도 만들어놓았다.

이 정도만 되더라도 마교, 아니 중원에서 제일가는 수련

장소이겠지만 무생은 하면 할수록 무언가 마음에 들지 않았다.

'물을 뜨겁게 만들어 탕을 만드는 것도 나쁘지 않겠군. 야명주도 달아놓으면 괜찮겠고. 독노처럼 밭을 하나 만들어볼까?'

무생은 떠오르는 것들을 하나둘씩 추가했다.

그러다 보니 하루가 훌쩍 지나갔고 완성된 수련동은 상상을 불허하는 곳이 되었다.

정체를 알 수 없는 기관진식들이 작동하고 있었고 공기는 상쾌하기만 했다.

전혀 햇살이 들어오지 않는 공간이었음에도 상당히 밝았다.

각종 벽화들과 조각들로 인해 동굴이라 생각할 수 없을 정도로 화려해진 것이다.

"음······."

무생은 수련동의 입구에 강한 필체로 '무적적룡궁'이라는 한자를 새겨 넣었다.

비로소 무생이 만족할 만한 수련 공간이 탄생되었다.

무생은 입구에서 뒤를 돌아 무적적룡궁을 바라보았다.

스스로가 기거하기에도 나쁘지 않은 곳으로 보였다.

좀 더 시간이 있었다면 더욱 완벽한 공간을 조성했을 테지만 이 정도로 마무리 짓기로 했다.


무생은 텅 빈 약재 창고를 바라보다가 이제 쓸 만한 영약을 만들 차례라 생각했다.

딱히 좋은 재료는 필요하지 않았다.

무생이 무적적룡궁 밖으로 나오자 분주하게 움직이고 있던 제자들이 하던 일을 멈추고 큰 절을 올렸다.

무생은 무극 밑으로 나이가 가장 많은 세 명의 제자를 뽑아 산으로 들어갔다.

"스승님, 무엇을 하시는 것이옵니까?"

인체의 무해한 정도의 풀뿌리나 흔히 볼 수 있는 약초를 뽑고 있자 여제자가 와서 물었다.

이름이 없던 소녀에게 무생은 연이라는 이름을 주었다.

나머지 제자들은 무천과 무해였는데 마찬가지로 무생이 지어준 이름이었다.

"영약을 만들 것이다."

"영약이요? 근데 이런 풀뿌리들로 어찌······."

제자들이 보기에도 이런 것들로 영약을 만들기에는 무리가 있었다.

영약을 본 적은 없었지만 어떤 것인지는 대충 알고 있었다.

"그다지 어려운 일은 아니다."

무생은 그렇게 말하며 묵묵히 풀뿌리를 뽑아 광주리에 가득 담았다.

그렇게 어느 정도 시간이 흐른 뒤 무생이 일어나 무적적 룡궁으로 향하자 제자들이 광주리를 들고 뒤따랐다.

"내가 손을 좀 보았다."

동굴로 들어가기 전 무생의 말에 제자들은 고개를 갸웃 거렸지만 의문을 표하지는 않았다.

들어가 보면 알게 될 터이니 말이다.

그리고 무적적룡궁으로 들어간 순간, 들고 있던 광주리 를 바닥에 떨어뜨렸다.

제자들은 입을 떠억 벌린 채 경악 어린 표정을 지었다.

어느 누가 경악하지 않을 수 있단 말인가.

이틀 정도가 지났을 뿐인데 수련동의 내부는 어마어마하 게 달라져 있었다.

"허억!"

너무나 화려해 감히 쳐다볼 수 없을 법한 조각들과 맑은 공기, 그리고 시원한 소리를 내며 흐르는 물줄기는 도저히 동굴로는 생각할 수 없을 정도로 아름다웠다.

무생은 넋이 나간 제자들을 보다가 고개를 설레 내저었 다.

"멍하니 있지 말고 다시 담아 가져 오거라."

넋을 잃고 서 있던 제자들이 무생의 말에 간신히 쏟은 풀뿌리를 다시 광주리에 담고 안으로 들어갔다.

들어갈수록 압도적인 어떤 기운에 눌리는 느낌을 받았다.

무생이 창고를 가리키자 제자들은 조심스럽게 광주리를 놓았다.

"스, 스승님. 이 모든 것을 스승님께서 만드신 것입니까?"

"마음에는 차지 않으나 지내기에 불편함은 없을 것이다."

무생이 아무렇지도 않게 말하자 제자들은 혼이 나간 얼굴이었다.

'스승님께서는 신선이신가?'

무극은 그렇게 생각할 수밖에 없었다.

상식적으로 생각을 해보아도 마교 교주조차 이런 신위를 발휘하지는 못할 것이다.

"내일부터 조금씩 수련을 시작할 것이니 그렇게 일러 두거라."

"네. 아, 알겠습니다."

무극은 공손하게 말하며 다른 제자들과 함께 물러났다.

제자들이 나가고 나서야 무생은 약초들을 바라보다가 영약을 만들기 시작했다.

그저 무생의 선천지기를 응집시켜 만든 환단이었지만 그것만으로도 소림의 대환단을 가볍게 뛰어넘을 정도의 영약이 되었다.

가치를 따질 수 없는 영약이 그 자리에서 대량으로 생산되어 창고에 아무렇게나 쌓여가고 있었다.

무생이 제자들의 내공을 신경 쓰지 않은 이유는 바로 여기에 있었다.

화경의 경지를 밟은 내공이나 삼류 무사의 내공이나 무생의 관점에서는 극히 미미한 것이니 애초부터 그리 염두에 둘 부분은 없었다.

내공은 늘리면 되는 것이고 단전이 좁으면 크게 만들면 된다.

중요한 것은 사람의 본질이지 내공이나 무공 따위가 아니었다.

무생이 생각하는 강하다는 기준은 다른 이들과는 확연히 달랐다.

무공의 고하가 그것을 결정하는 것이 아니었다.

무생은 처음으로 받아들인 제자들이 강한 무인이 되길 원했다.

‘궁금하군.’

자신이 저들을 얼마큼 강하게 만들 수 있는지 궁금해졌다. 그리고 강한 흥미가 생겼다. 어떤 이유에서든 그것만으로도 제자를 키울 가치가 충분했다.

# 第二章

적룡대주 무생

무생록

무적적룡궁을 개방하자 제자들의 반응은 한결같았다.

넋을 잃거나 경악을 금치 못하거나 아예 기절하거나. 무
생은 그런 제자들의 모습에 조금 더 보양에 신경을 써야겠
다고 생각할 뿐이었다.

어색하게나마 무적적룡궁 안에 들어온 제자들이 그의 앞
에 섰다.

본격적으로 무공을 수련한다고 말하니 그 자리에서 구배
를 올리려 했지만 무생이 거절했다.

딱히 그런 예절 따위는 따지지 않는 성격이었고 자신이

제자로 받아들이기로 한 이상 그들이 싫다고 해도 거절할
수 없었다.

무생의 손에서 벗어날 수 없다는 말이었다.

"골격을 살펴보도록 하지."

무생은 무극부터 시작하여 나이순으로 골격을 살펴보았
다.

스무 명이 조금 넘는 제자의 골격을 모두 살피는 데 그리
많은 시간이 걸리지는 않았다.

어깨에 살짝 손을 올려놓는 것만으로도 파악이 끝났다.

무극이나 연, 무해 같은 경우에는 그나마 양호한 편이었
지만 다리를 절거나 몸 어딘가가 불편하고 단전이 제대로
형성되어 있지 않은 제자가 태반이었다.

무생이 아무 말도 하지 않자 제자들의 얼굴에는 절망감
이 깔렸다.

그들도 숱하게 겪어본 일이었다.

무공을 제대로 익힐 수 없는 몸으로 마교에서 살아간다
는 것은 늘 이런 절망감을 느껴야만 했다.

"좋군."

"네?"

무극이 무생의 말에 눈을 동그랗게 뜨며 말했다.

감히 스승의 표정을 살피며 방금 그 발언이 진실인지 알

아내려 했다.

무생은 늘 그렇듯 무표정이었다.

"무공을 익히는 데 아무런 문제가 없다."

"하, 하나 저희는 무공을 제대로 익힐 수 없는 몸입니다."

무극의 말에 제자들이 동조하며 머리를 끄덕였다.

무생은 제자들의 패배감 짙은 눈동자를 보다가 입을 떼었다.

"사지가 멀쩡하지 않느냐."

"그건 그렇지만……."

"그걸로 되었다. 가지지 못한 것에 연연하지 말거라. 탐내도 질투해도 그리고 절망해도 현실은 변하지 않아."

무생은 득도촌에서 생활하면서 스스로 생각한 것들을 제자들에게 말해주었다.

특별히 도나 진리를 연구하지는 않았지만 무생이 살아온 세월 자체가 모든 것을 포함하고 있었다.

"저희가 무공을 익힐 수 있나요?"

우물쭈물하던 연이가 용기 내어 물었다.

"너희가 배울 수 있는 것은 그것밖에 없다. 다른 것들은 어렵지."

무생에게 가장 쉬운 것이 무공이었다.

다른 것을 가르치는 것은 그에게 있어서도 상당히 어려운 일이 될 것이다.

"싫다고 하여도 소용없다. 너희는 무공을 배운다."

무생이 제자들에게 선언하듯 그렇게 말했다.

무생의 말은 결코 바꿀 수 없는 운명과도 같았다.

거절하거나 반항해도 변하지 않는 사실이었다.

"고통스러울 수도 있다. 도망치고 싶을 수도 있겠지. 하지만 도망치더라도 내가 잡을 것이고 죽더라도 내가 살릴 것이다. 너희는 무공을 배운다."

무생의 말에 제자들은 몸을 부르르 떨었다.

그 누구도 해주지 않았던 말을 무생이 해준 것이다.

제자들은 무릎을 꿇으며 눈물을 흘렸다.

아직은 어린 소년, 소녀들이 받은 상처들이 한 번에 터져 나왔다.

무생은 묵묵히 제자들을 바라보다가 입을 떼었다.

"지금 울어 두는 것이 좋을 것이다."

살벌한 경고조차 그들에게는 달콤한 말과 같이 느껴졌다.

육체의 고통은 마음속에 쌓인 한과 상처에 비하면 아무것도 아니었다.

"제자 무극, 스승님의 가르침에 따르겠습니다."

"따르겠습니다!"

제자들이 모두 그렇게 말하자 무생은 천천히 고개를 끄덕였다.

입꼬리가 천천히 올라갔다.

마교를 둘러보러 온 것이 생각보다 나쁘지 않은 기분을 선사해 주었다.


무생은 한쪽에 마련되어 있는 방으로 무극을 불렀다.

무극부터 하여 체내에 막힌 혈맥을 뚫어버리고 내부를 안정시킬 생각이었다.

벌모세수를 넘어선 일이 될 테지만 그리 큰일은 아니었다.

춘삼이나 다른 이들을 간단하게 환골탈태시킨 무생이었기에 이 정도는 차라리 쉬웠다.

선천지기가 무극의 혈맥을 따라 이동하며 막힌 혈맥을 모조리 뚫어버렸다.

과격한 방식이라 십중팔구는 주화입마에 걸렸을 테지만 무생의 선천지기는 그것마저 불허했다.

"으윽!"

"아픈가?"

"아, 아닙니다."

오히려 정신이 멀쩡해지며 혈맥이 타동되는 고통을 온전히 느껴야만 했다.

주요 혈맥을 빠르게 뚫자 무극의 눈에 총기가 감돌았다. 무생은 마지막으로 단전에 손을 얹고 선천지기를 불어넣었다.

일순간 단전에 충만한 기운이 타오르며 순식간에 혈맥을 따라 소주천하였다.

무극은 눈을 뜨는 순간 너무나도 가벼운 몸에 놀란 눈으로 무생을 바라보았다.

"스승님. 이, 이게 무슨……?"

"혈맥을 뚫고 소주천시켰다."

아무것도 아니라는 듯 말하는 무생의 모습에 무극은 또 한 번 놀람을 감출 수 없었다.

삼류에 간신히 도달했던 내공이 전신에 충만하게 감돌고 있었고 진기의 유통이 훨씬 자유로웠다.

이로써 제대로 무공을 배울 수 있는 발판이 마련된 것이었다.

"가, 감사합니다. 스승님."

"감사는 무슨. 나는 가르치고 너희는 배우면 된다. 무천을 불러오도록."

무생은 무극에게 했던 것처럼 스물한 명의 제자 모두를

손봤다.

뼈가 어긋난 제자는 다시 제대로 맞추었고 각자의 특성에 맞는 범위 내에서 혈맥을 타동시켰다.

겨우 반나절이 지나고 나자 스물한 명의 제자 모두가 전과는 달라진 모습으로 무적적룡궁에 서 있었다.

스스로의 몸을 신기한 듯 바라보다가도 눈물을 훔치거나 감격에 몸을 떨었다.

그들은 무공을 익힐 발판을 얻은 것에 지나지 않았지만 아주 찬란한 희망을 가질 수 있게 되었다.

무생이 방 안에서 나오자 제자들이 대형을 갖추며 섰다.

확실히 처음 봤을 때보다 훨씬 더 사람다운 모습이었다.

무생은 그 모습에 만족했다.

"이제 조금은 건강해 보이는군."

무생은 제자들을 바라보며 그렇게 말했다.

아직도 주눅 들어 있는 모습이기는 하지만 무생은 그것마저 마음에 들었다.

언젠가 겪게 될 패배감이라면 지금 겪는 편이 훨씬 나았다.

"오늘은 쉬거라. 나는 잠시 나갔다 오도록 하지."

"예, 스승님."

무생은 제자들의 인사를 받고는 무적적룡궁 밖으로 나

왔다.


무생이 밖으로 나온 이유는 간단했다.

제자들의 몸을 제자들 스스로보다 훨씬 잘 알게 되었으니 무공 수련을 위해 무기를 만들 계획이었다.

덤으로 도복 역시 구하는 것도 괜찮을 것이다.

다른 것은 다 괜찮아도 거지꼴인 것이 거슬리기는 했다.

지금 제자들의 몰골은 개방의 거지들과 다를 바가 없었기 때문이다.

무생이 적룡대가 있는 산을 내려오자 흑수가 무생 앞에 나타났다.

무생은 흑수에게 시선조차 주지 않으며 입을 떼었다.

"사고 싶은 것이 있다."

"이 근처에 마교 소속 상단이 여는 상점들이 있습니다. 밖에서는 구할 수 없는 것도 가득하지요."

"안내해라."

무생의 하대는 너무나도 자연스러워 흑수마저 분위기에 휩쓸려 부하처럼 따를 뻔했다.

무생이 상관이기는 하지만 허울뿐인 직책이었고 스스로가 숙이고 들어갈 필요가 없다고 생각했다.

아무리 그가 주군으로 모시는 마화가 임명한 적룡대주라

고 해도 말이다.

무생은 흑수가 가만히 있자 고개를 돌려 시선을 맞추었다.

"두 번 말하게 할 건가?"

흑수는 몸을 흠칫 떨었다.

단순히 시선이 마주친 것임에도 전신이 떨릴 정도로 큰 충격을 받았다.

어떠한 기운을 내뿜은 것도 아니었지만 무생이 쌓아올린 세월은 흑수 따위가 감당하기에는 너무나 거대했다.

"……알겠습니다."

흑수를 부하 취급하는 광경을 다른 마교인이 보았더라면 두 눈을 의심했을 것이다.

흑수는 오직 마화의 명령만을 따른다고 알려져 있었기 때문이다.

흑수는 적룡대주의 평가를 수정해야 한다고 생각했다.

스스로의 눈썰미가 뛰어났다고 자부했다.

스스로를 잠시 드러낸 눈앞의 적룡대주는 결코 누구 밑에 있을 사람이 아니었다.

'마교 밑에 있을 자가 아니다.'

그것이 무생에 대한 흑수의 판단이었다.

하지만 무슨 목적이든 간에 주군이 임명한 적룡대주였으

니 의심은 접어두어야 했다.

"그녀가 적룡대를 제법 생각하나 보군."

"왜 그렇게 생각하십니까?"

무생은 그녀의 정체를 알고 있었다. 밝히지는 않았으나 어떠한 절차 없이 적룡대주로 임명할 정도니 말이다.

"자네를 이곳에 둔 것을 보면 알 수 있지 않나."

"내색은 하지 않으십니다만… 그렇습니다. 신경 쓰이십니까?"

"아니."

무생은 애초부터 마화 따위는 신경 쓰지 않았다.

이제 신경 쓰는 것이 있다면 제자들이 우승하는 것일 뿐이다.

천마동에 들어가는 것보다 지금은 그것이 더 흥미를 끌었다.

"그렇군요."

침묵이 자리 잡았다.

흑수는 더 이상 아무 말도 없이 마교 내에 자리 잡은 상가로 안내했다.

마교 소속의 상단들이 각지를 돌며 가지고 온 물건들이 있는 상가였다.

폐쇄적인 성향이 짙은 마교인들은 주로 이곳에서 물건을

구입했다.

협곡 근처에 마련된 상가는 제법 좋은 운치를 만들어냈다.

마치 숨어 있는 것처럼 찾기 힘들었지만 일단 협곡 입구로 가게 되니 활기찬 거리의 모습이 정체를 드러냈다.

"여기입니다."

"나쁘지 않군."

무생은 생각보다 큰 규모에 만족한 듯 고개를 끄덕였다.

"본래라면 어느 정도 지원금이 나오지만… 아쉽게도 그럴 여유가 없습니다."

"상관없다."

돈은 그다지 상관없었다.

적룡무적궁을 만들다 보니 구석구석에 숨겨져 있던 광물들을 무더기로 습득할 수 있었다.

별것 아닌 것들이라 생각되었지만 원하는 것을 충분히 구입할 수 있을 것이다.

"그럼 전 물러나겠습니다."

무생이 협곡 안으로 들어서는 순간 흑수의 모습이 사라졌다.

거리에 있는 많은 마도인이 무생을 날카로운 눈으로 바라보았다.

흑수와 같이 있던 것을 눈여겨 본 것이다.

"누구신가 했는데 적룡대주님이셨군요?"

청년이라고 부르기에는 힘든 소년들이 다가왔다.

제법 고급스러운 복장을 하고 있었는데 노골적으로 무생을 무시하는 티를 내었다.

자신의 앞을 막아서는 소년들을 바라보던 무생이 천천히 입을 떼었다.

"비켜라."

"하하, 적룡대 같은 쓰레기들을 맡은 자가 있다고 들었는데 우리한테 잘 보여야 할걸요?"

"출세는 따놓은 것과 마찬가지니 말이에요. 하하하."

무생의 앞에서 거드름을 피우며 소년들이 그렇게 말했다.

주위의 마교인들은 구경거리가 생긴 듯이 주변에 모여들며 히히덕거렸다.

무생은 가장 정면에서 손가락질을 하며 웃는 소년을 바라보다가 그대로 목을 부여잡았다.

"어, 억?!"

소년이 내공을 일으키며 발버둥 쳤지만 무생은 꿈쩍도 하지 않았다. 무표정한 눈으로 소년을 바라보다가 그대로,

휘이잉!

하늘 위로 던져 버렸다. 어마어마한 높이까지 솟구쳤던 소년을 뒤에 있던 소년들이 간신히 붙잡으며 바닥을 굴렀다.

"허, 허억, 허억!"

너무나 갑작스러워 신법을 제대로 전개하지도 못한 듯했다.

"가, 감히 적룡대주 따위가……!"

소년들이 검을 뽑으려 했다. 무생은 여전히 무표정한 얼굴로 입을 떼었다.

"여기서 너희를 모조리 없앤다면 적룡대가 우승할 확률이 높아지겠군."

소년들은 차마 검을 뽑을 수 없었다.

검을 뽑는 순간 목이 달아날 것임을 본능적으로 느낀 것이다.

소년들이 주춤 물러나기 시작했다.

"두, 두고 보자!"

"우리를 건드린 것을 후회하게 될 것이다!"

그렇게 말하며 물러나려던 소년들의 신형은 무생이 손을 들자 그 자리에 멈춰 섰다.

허공섭물을 이용한 묘리였다.

주변에서 마교인들의 감탄이 들려왔다.

마교는 어쨌든 간에 강자지존이니 강한 자가 곧 법이었다.

"말이 짧군."

신성의 회생타법이 마교에서 모습을 드러냈다.

"꾸에에엑!"

"끄아악! 사, 살려줘!"

빠르게 몰아치는 무생의 주먹을 소년들은 결코 피할 수 없었다.

피하려 하면 할수록 교묘하게 파고들어 가장 아픈 곳을 때렸다.

"죄, 죄송합니다! 제, 제발!"

"잘못했습니다!"

무생이 주먹을 내리자 소년들이 무릎을 꿇으며 눈물을 질질 짰다.

어디 소속인지는 모르지만 무생은 소년들에게 별다른 흥미가 생기지 않았다.

"쯔, 쯧. 저자도 이제 큰일이군."

"소교주님이 가만히 있지 않으실 텐데……."

무생은 주변에서 하는 말을 귀담아 듣지 않았다.

마교의 교주가 오더라도 그다지 상관없었다.

게다가 소교주는 무생이 알고 있는 자였다.

앞에 나타난다면 덜덜 떠는 쪽은 소교주 쪽일 것이다.

'지금까지는 별로군.'

이곳이 기대에 못 미친다면 광노의 부탁도 있고 하니 모조리 뜯어 고칠 생각이었다.

어쩌면 선계에서 광노가 무생에게 괜한 부탁을 했다고 후회할지도 몰랐다.

무생은 마교인들의 시선을 받으며 가지고 온 것들을 처분하고 원하는 물건을 샀다.

비싸든 말든 신경을 쓰지 않는 무생의 씀씀이에 상인들은 감동하여 스스로 적룡대 앞으로 배달해 줄 것을 약조했다.

그럼에도 상당히 많은 은자가 남았다.

무생이 가지고 온 것 중에는 암석 깊은 곳에만 묻혀 있다는 귀한 야명주도 있으니 상인들이 무생에게 빚을 지며 구입할 정도였다.

"들고 다니기 귀찮군."

마교에서 발행하는 전표로 바뀌었지만 은자들도 상당해 묵직하게 느껴질 정도였다.

무생이 협곡을 벗어나려 할 때였다.

"멈춰라."

뒤에서 나타난 자들 중 하나가 그렇게 말했다.

무생은 그 말을 들을 필요도 없다는 듯 무시하며 걸을 뿐
이었다.


*     *     *


마룡대주는 마룡대의 유망주들이 흐물흐물해져서 돌아
오자 화가 머리끝까지 났다.

차기 교주가 될 소교주의 밑에 가장 강력한 검으로서 존
재할 권력의 핵심 인물들이었다.

어디서 들어보지도 못한 적룡대주에게 개 패듯이 맞았다
는 말을 들은 순간 수하들을 이끌고 상점들이 있는 협곡으
로 달려온 것이었다.

마교 내에서 마룡대주의 명성은 제법 컸다.

서열 오십 위 안에 충분히 드는 무력을 지녔고 스스로도
그것을 자랑으로 여기고 있었다.

마룡대주가 분노하며 길을 나서자 그의 부하들 역시 마
룡대주를 따라왔다.

부하라면 단 한 명도 없는 적룡대와 비교할 수 없을 정도
의 규모였다.

마룡대 소속 유망주가 백이 넘어간다는 사실을 본다면

간신히 스물이 넘은 적룡대는 무시당할 만했다.

개개인의 무력도 비교할 바가 아니었다.

'감히 적룡대주인 주제에 소교주님의 총애를 받는 마룡대를 건드리다니!'

자세한 전후 사정은 듣지 않았지만 적룡대가 마룡대를 건드렸다는 것 자체가 치욕이었다.

상식적으로는 마화에 대한 도전이 될 테지만 마화조차 적룡대를 감싸주지는 못했다.

여기저기서 일어나는 반대를 무릅쓰고 존속시키는 것만으로도 벅찼기 때문이다.

최근에는 교주가 적룡대를 언급하여 폐지시키려 했다는 소문까지 나돌았다.

"저, 저놈입니다!"

덜덜 떨면서 소년 하나가 그렇게 말했다.

마룡대주가 인상을 쓰자 주춤거리며 물러났다.

마룡대주는 눈앞을 지나가는 자를 자세히 바라보았다.

머리카락으로 가리고 있기는 하나 뛰어난 안력으로 그가 굉장한 미남자라는 것을 알아차렸다.

험악하게만 생겨 여자와 인연이 없던 마룡대주의 얼굴이 일그러졌다.

'얼굴로 적룡대주 자리를 꿰찬 건가!'

마화가 들었다면 당장 참수시킬 소리였지만 마룡대주는 그렇게밖에 생각할 수 없었다.

"멈춰라."

마룡대주가 그렇게 말했지만 적룡대주는 전혀 들리지 않는다는 듯 무시하며 멀어졌다.

노골적으로 자신을 무시하는 모습이었다. 마룡대주는 신법을 전개해 적룡대주, 무생의 앞을 막아섰다.

무생은 천천히 고개를 들어 마룡대주를 바라보았다.

무생이 바라본 마룡대주는 역시나 별 볼 일 없는 무인이었다.

"네가 적룡대주인가."

"그렇다."

"감히 마룡대를 건드리다니… 간이 부었군."

"너희도 훈계를 듣고 싶어 온 것인가?"

무생의 말에 마룡대주의 얼굴이 일그러졌다.

마룡대주가 그가 주로 쓰는 도를 쥐었다.

그러자 부하들 역시 흉흉한 살기를 내뿜었다.

"한동안 요양을 해야 할 만큼 두드려 팼더군. 그 대가가 어떤 것인지 잘 알고 있겠지?"

"대가? 대가라면 지불하도록 하지. 썩을 정도로 많으니까."

무생은 품에서 은자를 꺼냈다.

은자를 꺼내는 것을 본 마룡대주가 경멸의 눈으로 무생을 바라보았다.

돈으로 자신을 어떻게 해보려는 수작으로 보였기 때문이다.

하지만 그 생각이 바뀐 것은 얼마 지나지 않아서였다.

휘잉!

무생의 손에서 뿜어져 나간 은자가 마룡대주의 도를 때렸다.

"크윽!"

마룡대주의 신형이 뒤로 크게 밀려났다. 그는 들끓는 진기를 진정시키며 자신의 도를 바라보았다.

쨍그랑!

수년을 함께 해온 도가 허무하리만큼 쉽게 깨졌다.

'이, 이럴 수가!'

거기서 끝이 아니었다.

어떻게 은자를 던졌는지는 모르지만 부하들의 신형이 그 자리에서 한 바퀴 돌더니 바닥에 떨어졌다.

은자에 담겨 있는 강력한 선천지기를 감당하지 못하고 쓰러진 것이다.

쩌억!

당연히 그들이 가지고 있던 모든 무기가 박살 나며 바닥에 떨어졌다.

무생은 바닥에 깔린 은자들을 바라보다가 마룡대주에게 시선을 옮겼다.

마룡대주는 무생의 압도적인 신위에 뒤로 주춤하며 물러났다.

'이, 이럴 수가……! 나보다 최소 두 수 위다. 어, 어째서 이런 자가 적룡대주 자리에……!'

무생은 두려움에 질려가는 마룡대주를 바라보다가 입을 떼었다.

"대가라면 이제 충분하겠지. 안 그런가?"

"그, 그렇소."

무생은 천천히 그의 곁을 지나쳤다. 마룡대주는 무생이 지나간 순간 간신히 안도의 한숨을 내쉬었다.

"네가 마룡대주인가?"

"그, 그렇소."

무생이 다시 걸음을 멈추고 묻자 마룡대주의 몸이 굳었다.

등골이 오싹한 느낌과 함께 식은땀이 줄줄 흘렀다.

그의 귀를 은자 하나가 스치고 지나갔다. 은자는 마룡대주의 앞에 있는 나무에 박혔다.

"치료는 그것으로 해라."

그렇게 말한 무생은 아무 일도 없다는 듯 천천히 사라졌다.

무생이 완전히 사라지자 마룡대주는 그 자리에 털썩 주저앉았다.

'설마…….'

그가 본 적룡대주는 마교 내에서도 열 손가락 안에 들 만한 무력을 지니고 있었다.

게다가 협곡 상단을 뒤흔들 정도로 엄청난 재력 역시 지니고 있었다.

게다가 마화에 어울리는 굉장한 미남이었다.

"마, 마룡대주님……."

"설마… 마화 님의 부군 되실 분인가!"

"허억! 그런!"

마교의 교주는 마교 자체라 봐도 무방한 인물이었지만 자신의 딸에 대해서는 각별한 애정을 감추지 않았다.

무에 미쳐서 수련만을 하고 있지만 마화가 찾아오면 수련을 깨고서라도 같이 시간을 보낼 정도였다.

혼기가 찬 나이에 아직 이렇다 할 후보가 정해지지 않았는데, 이미 혼약자가 있을 것이란 소문이 은근히 돌고 있었다.

"과, 과연. 저렇게 돈 많고 강한 남자라면……."

"교주께서 만족하실 만한 재목!"

부하들이 비틀거리며 일어나더니 마룡대주의 말에 동조했다.

"과연! 적룡대주란 직책은 마교에 몸담기 위한 핑계였을 뿐이었군."

"마룡대주님. 그, 그럼 어찌 해야 할까요?"

마룡대주는 부하의 말에 안색이 새파랗게 질리더니 침을 꿀꺽 삼켰다.

"내, 내 당장 이놈들을!"

얻어맞고 들어온 마룡대원을 당장이라도 다시 두들겨 패고 싶은 마음이었다.

하지만 이미 엎질러진 물. 미래를 위해서라면 적룡대주에게 잘 보여야만 했다.

차기 교주는 소교주지만 마교의 실질적은 운영은 마화가 하고 있었기 때문이다.

버려져도 할 말이 없는 적룡대를 반발을 무릅쓰고 유지시키고 있는 것을 보면, 마화는 마교의 관례를 깰 정도의 권력을 지니고 있었다.

"저, 적룡대주님께서 무엇을 사 가셨는지 파악하고 보고하라!"

"넷!"

"그리고 마룡대의 이름으로 더 좋은 것을 드리는 것이다."

다소 오해가 있었기는 하지만 마룡대주는 필사적이었다. 자칫 잘못하면 마룡대주란 직책에서도 쫓겨날 수 있을 만한 사안이었다.

마화의 눈 밖에 난다면 마교 안에서 괴로운 나날을 보낼 수도 있었다.

마룡대주는 긴 한숨을 내쉰 다음 고개를 푹 숙였다. 왠지 그의 어깨는 무척이나 좁아 보였다.


적룡대로 돌아온 무생은 상인들과 더불어 나타나는 마룡대주의 부하들을 보며 살짝 눈살을 찌푸렸다.

그들은 오해가 있었다고 말하면서 무생이 산 것보다 비싸 보이는 물건들을 가져다주고 굽신거렸다.

마룡대주가 부하들을 이끌고 나타나자 잔뜩 경계했던 제자들은 얼이 빠진 모습으로 그 광경을 바라볼 수밖에 없었다. 적룡대를 쓰레기 취급하며 경멸하던 마룡대가 무생의 비위를 맞추는 모습은 적지 않은 충격을 가져다주었다.

"그, 그럼 잘 부탁드립니다."

마룡대주가 웃는 낯으로 그렇게 말했다.

무생이 그들에게 주었던 은자를 고운 천에 담아 오기까지 했다.

그리고 무생에게 맞았던 마룡대원들이 강제로 끌려와 무

릎을 꿇고 사죄했다.

그것은 긍지 높은 마룡대원들에게 있어서 치욕이었다. 별 볼 일 없는 적룡대의 쓰레기들 앞에서 무릎을 꿇고 사죄한다는 것은 상상도 할 수 없는 일이었다.

하지만 벌써 은은하게 퍼지는 소문을 듣자 하니 눈앞에 있는 적룡대주는 마화의 부군이 될 자였다.

왜 이들이 갑자기 이러는지는 몰랐지만 더 큰 소란을 만들기 싫었던 무생은 간단히 받아들이고는 그들을 물렸다.

"그, 그럼 마룡대주 대철조를 기억해 주십시오!"

"비무 대회 때 보기로 하지."

"하, 하하하! 그럼 물러가겠습니다, 적룡대주님!"

마룡대주를 필두로 모두가 물러나자 제자들은 겨우 안도의 한숨을 내쉬며 그 자리에 주저앉았다.

무적적룡궁 앞에 쌓인 물건들은 가난한 적룡대원들이 볼 수조차 없었던 좋은 물건이었다.

좋은 옷감으로 만들어진 무복과 연습용 검, 그리고 한철을 포함한 좋은 재료들까지 쌓여 있었다.

"스, 스승님. 이 물건들은……."

"도복은 대충 골라 입고 나머지는 안에다 들여놓도록."

"이 비싸 보이는 것들이 저희 적룡대의 것입니까?"

"아니."

무생의 대답에 제자들의 눈이 실망으로 물들었다. 무생은 은은한 미소를 그리며 입을 다시 떼었다.

"너희 것이다."

그렇게 말하자 제자들은 놀란 표정이 되었다. 그러다 눈시울이 붉게 물들었다.

'슬슬 무공을 만들어야겠군.'

무생은 본격적으로 제자들을 가르칠 생각이었다. 심심풀이로 만들어놓았던 무공들이 머릿속에 가득했다.

하나하나 굉장한 경지의 상승 무공이었지만 제자들에게는 맞지 않는 것이었다.

때문에 복잡한 것들은 제외하고 위력적이면서 단순한 마공들을 떠올려 보았다.

'적당히 다시 만들면 되겠지.'

다행히 이런 생각 때문에 희대의 마공이 세상에 모습을 드러내지 않게 되었다.

하지만 상승무학에 들고도 남을, 역사에 길이 남을 마공들은 바로 지금 무생의 생각 속에서부터 시작된 것이었다.

# 第三章

무공전수

무생록

무생은 무적적룡궁 앞에 있는 숙소에서 붓을 놀리고 있었다.

　기운이 좋아진 제자들이 무생의 의도대로 착실히 보강해 지금은 그럭저럭 지낼 만한 건물로 재탄생했다.

　무생은 숙소 이름을 적룡전이라 지었다.

　이름이 평범한 이유는 무생이 그다지 마음에 들어 하지 않았기 때문이다.

　적룡대가 어느 정도 자리를 잡게 되면 아예 부수고 새로 지을 생각까지 하고 있었다.

"흠……."

무생은 적룡대에 어울릴 만한 무공을 떠올려 보았다.

물론 무공서적이 있기는 하지만 삼류에 간신히 미치는 정도였고 누구도 거들떠보지 않는 그런 수준이었다.

때문에 무생은 무공을 직접 만들어 전수하기로 마음을 굳혔다.

그리 대단한 무공을 전수하는 것도 아니었고 그저 기존의 것보다 조금은 쓸 만한 무공을 전수하는 것이니 그렇게 신경 쓸 필요는 없어 보였다.

그것은 지극히 무생의 기준이기는 하지만 다행히도 주위에는 놀라 뒤집어질 사람이 없었다.

'토납법의 이름은 적마신공이라 지으면 되겠군.'

마교의 어느 심법보다 빠르게 내공을 쌓을 수 있었고 제자들의 혈맥을 닦아놓은 덕분에 주화입마도 없을 것이다.

꾸준히 내공을 쌓는다면 상승경지로 능히 갈 수 있었다.

마교인들은 물론이고 정파인들까지 탐낼 법한 그런 심법을 무생은 그저 나쁘지 않은 수준으로 생각하고 있었다.

'검, 도, 권 정도면 되겠지.'

무생은 그 자리에서 붓을 놀려 '적마검법', '적마도법', '적마권법'을 비급으로 완성시켰다.

압도적인 내공에서 나오는 패도적인 초식들이 대부분이

었다.

무생은 마지막으로 이 모든 무공을 받쳐줄 신법을 적었다.

이름은 당연히 적마신법이었다.

"이 정도면 괜찮겠지."

지금 제자들의 상황에서 가장 효율적인 무공 수위였다. 상승지로로 갈 수 있는 무학임과 동시에 가장 빠르게 익힐 수 있는 무공이었다.

게다가 위력 자체도 마교의 그 어떤 무공과 비교해도 전혀 떨어지지 않았다.

무생에게 있어서는 삼류였지만 무림인들에게 있어서는 초일류에 가까운 무공이었다.

"모든 준비가 끝났군."

수련할 장소, 지낼 장소, 먹을 것, 그리고 배울 것이 모두 갖춰졌다.

무생의 기준에서 제자들의 자질은 말할 것도 없이 좋았고 도저히 지려고 해도 질 수 없는 상황이었다.

무생은 숙소에서 나와 무적적룡궁 안으로 들어갔다. 제자들을 모으고 써놓은 비급을 무극에게 주었다.

"스, 스승님, 이것은……?"

"너희가 배울 무공이다."

무공이란 말에 제자들이 웅성거렸다.

기대감이 가득 찬 눈으로 무생을 바라보았다.

강렬한 기운을 담고 있는 필체가 제자들의 눈길을 빼앗았다.

"일단 보고 느껴라."

무생은 그렇게 말하며 손을 뻗었다. 그러자 병기고에서 검이 날아와 손에 잡혔다.

허공섭물을 처음 본 제자들은 입을 떡 벌린 채 무생을 바라보았다.

"지금껏 익혀온 적룡대의 무공은 모두 폐지한다. 이 시간부로 적룡대의 무공은 적마신공뿐이다."

그 말에 제자들은 전율을 느끼며 몸을 떨었다.

무생이 연무장으로 가서 천천히 검을 뽑자 무극은 갑작스럽게 숨이 턱하고 막혀왔다. 그것은 다른 제자들 역시 마찬가지였다.

스스로가 만든 적마신공을 써보는 것은 무생 역시 처음이었다.

머릿속으로 완벽히 구상했으니 완벽함은 말할 것도 없었지만 제자들이 갈 길을 보여주는 것도 나쁘지 않을 것 같았다.

무생은 느린 동작으로 천천히 적마검법을 펼치기 시작했

다. 일초식인 적룡출세부터 시작하여 마지막 초식인 적마 강림까지 그 어떤 기교도 담지 않고 담담히 펼쳐 보였다.

제자들은 넋을 잃은 채 검법을 바라보았다.

그들의 눈으로도 뚜렷하게 검로가 보일 만큼 느렸지만 뿜어져 나오는 기백은 무릎이 후들거릴 정도로 거대했다.

마치 거대한 용이 날아오르는 듯한 환각이 보일 정도였다.

팅!

무생은 검을 바닥에 박아놓고 연이어 적마신권을 펼쳤다.

모든 움직임을 포함한 적마신권은 앞으로 제자들이 상승 무공을 익히는 데 강력한 도움을 줄 것이 틀림없었다.

애초부터 그것을 염두에 두고 만들었기 때문에 쓸데없는 움직임이 없고 온몸의 근육을 전부 쓰는 실용적인 권법이었다.

그리고 그 움직임에 근간이 되는 것이 바로 적마신법이었다.

무생이 움직임을 멈추자 제자들은 자리에 주저앉았다. 꿈이라도 꾼 듯한 멍한 표정이었다.

"어렵지 않은 무공이다. 익혀두면 나쁠 것이 없지."

무생은 태연하게 말했지만 제자들은 자신들이 이 엄청난

무공을 익힌다는 것이 도저히 실감 나지 않았다.

넋을 잃은 제자들을 바라보던 무생이 다시 입을 떼었다.

"걱정할 것 없다. 개인에 맞게 지도를 할 예정이니 그냥 따라하면 된다."

무생의 손수 지도해 준다는 말에 제자들의 얼굴에 화색이 돌았다.

하지만 짧은 기간 무공을 익혀 비무대회에 나간다는 사실이 마음을 무겁게 했다.

"두려워할 것 없다. 모든 일은 처음이 어려운 법이다."

무생은 단기간에 적룡대를 다른 부대보다 훨씬 뛰어나게 만들 방법을 알고 있다. 그리고 그럴 계획을 이미 세웠다.

제자들이 의지와 열망을 가지고만 있다면 그 계획은 실패할 일이 전혀 없을 것이다. 누구도 아닌 무생이 하는 일이었으니 말이다.

"무공이란 건 단순한 요령이다. 너희는 이미 준비되었다."

무생이 직접 혈맥을 타동시키고 근골에 손을 대었기에, 아직 자각하지는 못했겠지만 무공에 대한 재능은 넘칠 만큼 충분해졌다.

주화입마에 걸릴 걱정이 없는 영약들도 창고에 쌓여 있었고 좋은 연무장이 마련되어 있었으며, 특히 무생이 스승으로 있었다.

"그럼 천천히 시작해 보도록 하지."

"옛! 스승님!"

제자들이 빛나는 눈빛으로 우렁차게 대답하자 무생은 만족스러운 미소를 지을 수 있었다.

*  *  *

무생이 적룡대를 맡은 지 보름 가까이 지났다.

단수진은 마교 내에서 도는 소문에 인상을 찌푸렸다.

적룡대주와 단수진이 그렇고 그런 사이라는 소문이었다.

처음 들었을 때는 자신이 귀를 의심했지만 원로들까지 흐뭇하게 웃으며 바라보니 단수진은 환장할 노릇이었다.

"어떻게 된 것인지 알아봐야겠어."

그간 공무 때문에 자리를 비울 수 없었지만 마침 여유도 생기고 했으니 적룡대에 가볼 생각이었다.

무생이 적룡대주가 된 후부터 적룡대의 평가가 조금은 변해 단수진이 그곳으로 향해도 원로들은 별다른 말을 하지 않았다.

마교의 율법 아래에서는 무엇이든 할 수 있는 단수진이

었지만 적룡대만큼은 원로들도 그의 손을 들어주지 않았다.

마교는 강자지존, 약육강식이기 때문에 비로소 유지가 되었던 것이다.

그런 소문이 난 후부터 공식적으로 적룡대로 향해도 원로들은 역시 흐뭇하게 웃으며 고개를 끄덕일 뿐이었다. 어쩌면 좋은 변화가 아닐까 하고도 생각해 봤지만.

"좋을 리가 없지 않은가."

"무엇이 말입니까?"

"그 소문."

단수진의 말에 뒤에 서 있던 흑수가 살짝 미소를 흘렸다. 단수진은 흑수를 바라보며 입을 떼었다.

"네가 관찰한 그자는 어떻지?"

"아래에 있을 자가 아닙니다."

"그런가. 마교에 무언가를 노리고 들어온 것인가?"

단수진은 무생을 의심하며 그렇게 말했다.

흑수는 입을 떼려다가 자신을 불러 신신당부한 원로들의 말이 떠올랐다.

원로들의 무공이야 하루 이틀 수련한다고 해서 느는 것이 아니었으니 원로들의 관심사는 주로 단수진이었다.

단수진이 낳을 아이는 엄청난 무골이 될 터이니 아이를

어렸을 때부터 잘 훈련시켜 재롱을 보고 싶어 했다.

때문에 원로들은 흑수를 조용히 불러내 살기까지 일으키며 잘 이어주라고 말했다.

무생의 정체가 무엇이든 간에 누구도 마교를 당해낼 수 없다는 논리에서 나온 자신감이 있었다.

"흠흠, 혹시 아가씨를 노린 것이 아닐까요?"

"날? 무엇 때문에?"

"주, 중원에 아가씨의 아름다움을 칭송하는 이들이 깔려 있으니 말입니다. 그가 가망이 없는 적룡대를 맡은 것도, 그리고 그런 내기를 한 것도 어쩌면……"

흑수의 논리정연한 말에 단수진은 몸을 살짝 떨었다.

그러고 보니 내기 내용은 영원히 자신의 것(?)이 된다는 내용이었다.

'나를?'

기가 찬 노릇이지만 곰곰이 생각해 보니 모든 것을 포기하고 마교까지 입교해 가망성이 없는 곳에 들어간 정성이 그녀의 흥미를 끌었다.

흑수는 그녀가 눈썹을 찌푸리다가 작게 숨을 내쉬며 고민에 빠지는 모습을 보며 양심이 찔려왔다.

'잘되면 상관없겠지.'

흑수는 살수 수업을 하면서 배운 연기를 처음으로 잘한

일이라고 생각했다.

단수진이 침묵을 지키며 적룡대가 있는 곳까지 도달했다.

흑수는 입구에서부터 따라오지 않았다. 근처에 대기하고 있겠다고 말하고 물러난 것이다.

단수진은 단번에 신법을 전개해 수련동이 있는 곳에 당도했다.

처음 눈에 들어온 것은 그럭저럭 깔끔하게 보수된 숙소였다.

그리고 그 주변은 잘 정리되어 있어 아늑한 분위기마저 흘렀다.

'흥, 수련은 안 하고 이런 것만 했겠군.'

자신의 곁에 있고 싶어 하는 마음에서 나온 행동이라 여기는 단수진이었다.

단수진은 도도한 표정을 고수하며 수련동 앞까지 움직였다.

수련동 앞에 써 있는 무적적룡궁이라는 글을 보는 순간 두 눈이 크게 떠졌다.

그것은 명필이기 이전에 굉장히 많은 것을 담고 있는 글이었다.

바위에 새겨진 글씨는 한 획, 한 획이 너무나 날카로웠고 모두 단 한 번의 휘두름으로 완성시킨 것이었다.

'누가 이런 것을… 설마……?'

무생에게까지 생각이 미치자 단수진의 표정이 기묘해졌다.

무공이 뛰어난 고수인 것은 알고 있었지만 이 정도 경지를 보여줄지는 솔직히 예상하지 못했다.

안에서 들려오는 기합 소리에 단수진은 천천히 무적적룡궁 안으로 들어갔다.

"허억!"

안으로 들어선 순간 단수진의 입에서는 경악성이 절로 뿜어져 나왔다.

수련동은 단수진도 익히 알고 있는 곳이었다.

이름만 수련동이지 연무장도 제대로 갖춰지지 않은 그저 감옥 같은 곳이었다. 하나 지금 이 광경은 무엇이란 말인가!

마룡대의 연무장조차 이 정도 넓이를 자랑하지 않는다. 넓이를 떠나 벽에 새겨진 압도적인 아름다운 조각들은 단수진의 시선을 단번에 빼앗아 버렸다.

"하앗!"

들려오는 기합 소리에 단수진의 시선이 그쪽으로 향했다.

그녀는 아예 입을 떡하니 벌리고 바라볼 수밖에 없었다. 얼마 전까지만 해도 검을 제대로 잡지 못하던 아이들이 지금은 어엿한 검수로 성장해 있었다.

놀라운 것은 그들의 검 놀림은 마교에서 본 적이 없는 무공이라는 점이었다.

마공임을 나타내 주는 듯 패도적인 움직임이었지만 단수진으로서는 처음 보는 것이었다.

딱 봐도 현묘함이 감도는 상승 무학이었다.

'도, 도대체 어떻게 된 일이지?'

단수진은 도저히 있을 수 없는 광경에 자신이 꿈을 꾸는 것이 아닌가 하고 생각했다. 차라리 꿈이라면 충격이 덜할 것이다.

'몸이 가벼워.'

단수진은 이곳에 어떤 기문진이 설치되어 있음을 알아차렸다.

그것이 산맥의 기운을 모아 이곳에서 흘러나왔다. 마교 내에서도 찾아볼 수 없는, 최고의 수련장이었다.

"뭐하나?"

"꺄악!"

갑작스럽게 뒤에서 나타난 무생이 말을 걸자 단수진은 놀라며 주저앉았다.

단수진의 목소리에 연공 중이던 적룡대원들이 행동을 멈췄다.

단수진을 보자마자 절도된 몸조리로 깊게 부복했다.

적룡대원들에게 있어서 단수진은 생명의 은인이었고 온갖 멸시를 당하는 고통 속에서도 스스로 목숨을 끊지 않게 해준 주군이었다.

"방해하러 온 것인가?"

단수진은 뒤로 돌아 무생을 올려다보았다.

가려진 머리카락에서 드러난 얼굴은 넋을 놓게 할 만큼 여전히 대단했다.

단수진은 마교에 깔린 소문을 생각하자 조금씩 얼굴이 붉어졌다.

무언가 얘기하려 했지만 말이 잘 나오지 않았다.

어디서부터 어떻게 말해야 할지 도저히 감이 잡히지 않았기 때문이다.

무생을 의식하자 더더욱 그렇게 되었다.

"너희는 계속해서 연공하거라."

"예, 스승님!"

적룡대원, 무생의 제자들은 무생의 말이라면 죽을 수도 있을 정도로 따랐다.

영약을 잔뜩 먹이고 손수 지도까지 해주니 감동이 이루

말할 수 없던 것이다.

때문에 제자들은 무생에게 은혜를 갚기 위해서라도 무공 수련에 미친 듯이 열중했다.

일사분란하게 움직이며 죽을 듯이 연공하는 적룡대원을 바라보자 단수진은 마음속의 응어리가 조금씩 풀리는 것 같은 느낌을 받았다.

"할 말이 있는 것 같군."

"그, 그렇긴 한데……."

"따라오도록."

무생이 앞장서서 걷자 단수진은 잠시 뒷모습을 바라보다 가 그를 따랐다.

안내한 곳은 무적적룡궁에 마련된 쉼터였다.

무생은 쉼터조차 쉽게 만들어놓지 않았다.

밑에서 끌어 올린 청명한 물줄기가 수로를 따라 쉼터로 흘러들어와 연못을 형성하고 있었다.

연못 안에는 야명주들이 박혀 있어 화려한 빛을 만들어 냈다.

화려한 것이라면 질리도록 본 단수진조차 멍한 표정을 지을 정도였다.

'도, 돈이 그렇게 많은가!'

마교의 재정 역시 그녀의 손을 거쳐 가고 있었다.

연못에 박혀 있는 주먹만 한 여러 개의 야명주, 그리고 벽에 붙어 있거나 널려 있는 광물들까지 합하면 마교의 재정은 크게 풍족해질 것이다.

나날이 커져 가는 구파일방에 맞서기 위해 골머리를 싸매고 있었는데 탐이 나는 것은 어쩔 수 없었다.

"못 보던 무공을 익히고 있던데 네가 전수한 것인가?"

"그렇다."

"마교의 무공이 있을 터인데 어째서?"

무생은 단수진을 바라보면서 더 말할 것도 없다는 듯 입을 뗐다.

"그것보다 더 낫기 때문이다."

"…부정할 수 없군. 괜찮은 건가? 자신의 무공을 전수해도……."

적룡대에게 허락된 것은 삼류무공들뿐이었기 때문이다. 무공을 전수한다는 것은 무인에게 있어서 아주 큰 의미였다.

하지만 무생은 아무런 고민도 없었다는 듯 고개를 끄덕였다.

"도대체 이곳은 어떻게 만든 것이지?"

단수진의 가장 큰 의문은 그것이었다.

어떻게 수련동을 이토록 넓게 개조했는지 도저히 믿기지

않았다.

지금 그 안에 들어와 있음에도 실감이 나지 않을 지경이었다.

벽면을 가득 메우는 화려함은 그녀의 혼백을 뒤흔들 정도로 아름다웠다.

"파고 녹였을 뿐이다."

"그게 말이 되는가!"

무생은 화를 내는 단수진을 바라보았다. 그 담담한 시선에 단수진은 긴 숨을 내쉬며 다시 평정을 가졌다.

"그저 단순한 사파인이 아닌 줄은 알고 있었지만 정체가 뭐지? 어째서 마교에 들어와 적룡대를 맡은 것인가? 애초부터 나를 알고 있었나?"

"중요한 건 그게 아닐 테지."

무생은 쉼터에 마련된 찻잔을 가지고 와 그녀의 앞에 차를 따랐다.

잠시 물끄러미 바라보다가 차를 마시는 순간 그녀의 눈이 크게 떠졌다.

"좋은 차로군."

"근처에 밭이 있었다."

단수진은 의문이 많았지만 다시 묻지 않았다.

기이하게도 단 한 모금 마셨지만 무생의 마음이 전해지

는 것 같은 느낌이 들었다.

어떤 나쁜 의도로 마교에 들어온 것이 아니었다. 물론 마교가 단 한 사람 때문에 어떻게 될 곳은 아니었지만 말이다.

"적룡대주, 너를 믿어도 되겠나?"

"후회할 일은 없을 것이다."

선언하듯 고하는 무생의 말에 단수진은 깊게 숨을 내쉬며 고개를 끄덕였다.

눈앞에 있는 남자를 믿어보기로 했다. 받아들인 것은 그녀였으니 책임도 스스로가 져야 한다고 생각했다.

"소문을 들은 적 있나?"

"없다."

단수진은 무생이 그렇게 말하자 살짝 얼굴을 붉혔다. 그리고 그를 잠시 바라보다가 등을 돌렸다.

"그만 가보겠다."

몇 걸음 걸어 나갈 때 무생이 단수진을 불러 세웠다.

단수진은 조금 기대에 찬 눈으로 무생을 바라보았다.

왜 이런 기분이 드는지 몰랐지만 나쁘게 느껴지지는 않았다.

"옆쪽에 탕이 있다. 몸을 담그고 있으면 근심이 사라질 것이다."

"탕?"

"나쁘지 않을 것이다."

그렇게 말한 무생은 먼저 단수진을 지나쳐 걸어갔다. 무생이 그런 말을 한 것은 많은 의미가 아니었다.

그저 근심 있어 보이고 피로가 쌓인 것처럼 보였기에 쉬고 가라는 말이었다.

'나를 신경 써준 건가?'

의외의 말에 단수진의 마음이 복잡해지기 시작했다.

늘 차가운 무표정으로 자신을 대했지만 의외로 그는 따듯한 사람일지도 모른다는 생각을 한 단수진이었다.

\*　　　\*　　　\*

당연희는 화려한 객잔에서 낯선 남자와 마주보며 앉아 있었다.

여자보다 더 아름다운 남자는 백의를 걸치고는 살짝 미소 지은 채 당연희를 바라보고 있었다.

"설마 사천당문의 당 소저가 저를 만나고 싶다고 하실 줄은 몰랐습니다. 게다가 그 말을 전해준 분이 명성이 자자하신 사천당문의 가주 독제이실 줄은……."

"인사가 늦었군요. 소교주님."

마교의 소교주 단마현은 독제에게 거의 끌려오다시피 와서 이 자리에 이렇게 앉아 있는 것이다.

아무리 마교의 소교주라 해도 독제는 무림 전체에서 존경을 받는 인물이었고 그보다 훨씬 위에 있는 선배였다.

정과 마를 떠나 이 자리에 온 것만으로도 단마현은 충분히 예의를 갖춘 것이었다.

"그래서 저에게 무슨 볼일이 있으신 겁니까?"

단마현은 당연희의 총기가 넘치며 당당한 눈빛이 마음에 들었다.

물론 아름다운 외모도 한 몫 했지만 자신과 이렇게 일대일로 말할 수 있는, 아니, 오히려 자신의 기백을 아무렇지 않게 여기며 말로써 압도하는 여인은 처음이었다.

"중요한 정보가 있어요. 마교에게도 당신에게도 무척이나 중요한 것이에요."

"그렇습니까?"

단마현은 사적인 일로 자신을 만난 것이 아니란 판단이 내려지자 자세를 고쳤다.

눈빛은 가라앉았고 표정은 차가워졌다.

마교에 관련된 일을 할 때는 스스로 감정을 죽이며 냉정을 유지했다.

"그냥 정보를 제공해 주시지는 않을 것 같고 조건이 무엇입니까?"

"나를 마교로 들여보내 주세요. 그럭저럭 괜찮은 신분을
보장해 주시고."

"마교로 들어가고 싶다라……."

단마현은 도대체 당연희가 무슨 말을 하는지 이해할 수
없었다.

마교는 일단 한 번 들어가게 되면 빠져나오는 것은 무척
이나 힘들었다.

단마현은 호기심이 동했다. 그 정도라면 자신의 역량으
로도 충분히 들어줄 수 있는 것이었다.

"이유를 알 수 있겠습니까?"

"정보와 관련이 있어요."

"좋습니다. 그 정보를 들어보도록 하지요."

단마현이 시원한 미소를 그리며 말하자 당연희는 살짝
숨을 내쉰 다음 희미한 미소를 그렸다.

단마현은 태어나서 처음으로 여인의 미소가 참으로 아름
답다고 생각했다.

"지금 마교 안에 그가 있습니다."

"그라면……?"

"제가 다시 만나고 싶은 사람, 염마지존 무생."

당연희가 그렇게 말하자 단마현은 눈이 크게 떠지더니

자리에서 벌떡 일어났다.

"염마지존께서 마교에?"

"네. 확실해요."

"어째서 그분이……."

단마현은 머리가 아파옴을 느꼈다.

염마지존이 누구인가!

단신으로 구파일방, 그리고 혈교를 박살 내고 무림 최대의 단일 세력으로 떠오르고 있는 무생신교의 주인이었다.

솔직히 마교의 교주라 할지라도 상대가 되지 않을 것이라고 단마현은 생각했다.

언젠가 교주와 독대를 했을 때 무생을 언급한 적이 있었는데, 교주는 무생의 업적을 듣고 자신 스스로 그에게 미치지 못함을 인정했다.

교주가 전보다 더 미친 듯이 무에 매진하고 있는 것은 반쯤은 염마지존 때문이었다.

'도대체 목적이 뭐지?'

목적이 무엇이든 간에 염마지존이 마교에 있다는 것 자체가 아주 큰일이었다.

그가 무언가 마음에 들지 않는 것이 생긴다면 마교의 미래는 참으로 어두워질 것이다.

"당 소저. 정말 고맙습니다."

"서로 돕고 사는 것이지요."

"이 일이 잘 수습된다면 마교는 당 소저를 꼭 기억할 것입니다."

단마현이 식은땀을 닦으며 그렇게 말하자 당연희는 빙긋웃으며 고개를 끄덕였다.

"한시가 급한 것 같군요."

"지금 바로 마교로 돌아갑니다."

당연희와 단마현이 자리에서 일어날 때였다.

당연희의 옆에 독제가 갑작스럽게 나타났다.

단마현이 느낄 수조차 없을 정도의 고명한 신법이었다.

"흠, 나도 가겠다."

"예? 도, 독제께서도?"

"음, 마교의 교주와는 면식이 있다. 예전에 진 빚도 있고."

오래전 젊었을 때의 일이기는 하지만 말이다.

단마현 혼자 결정할 사안이 아니었지만 염마지존이 마교에 있는 이상 이보다 더 급할 것은 없었다.

"알겠습니다. 지금 바로 가도록 하지요."

단마현이 먼저 신법을 전개해 사라진 순간 독제와 당연희 역시 그 뒤를 따랐다.

마교는 분명 앞으로 굉장히 시끄러워질 것이다. 무생이

있는 이상 그것은 운명과도 같았다.


　시간이 빠르게 지나갔다.

　무생은 급할 것이 하나도 없다는 듯 느긋하게 제자들을 가르쳤다.

　제자들의 실력은 하루가 다르게 늘어났다.

　무생은 제자들에게 맞춰 적마신공을 각각 다 다르게 가르쳤다.

　기본적인 구결과 움직임은 똑같았지만 그들이 적마신공을 온전히 익히고 스스로가 더 나은 무학을 완성할 수 있게끔 만들고 있는 것이다.

　"하앗!"

　무극이 빠르게 공중을 갈랐다.

　단연 독보적인 성장을 하고 있는 것은 무극이었다.

　내공은 일류에 도달했고 검의 경지 역시 그러했다.

　검기까지 뿜어내는 모습은 다른 제자들에게 많은 자극을 주었다.

　적마검법은 화려하지 않았지만 실속이 있었다.

　여자들이 익히기에는 적합하지 않았지만 무생은 그런 부분을 놓치지 않고 하나하나 세세하게 지도해 주었다.

　무극 다음으로 경지가 높아진 것은 여제자인 연이었다.

무생인 무공의 기틀이 잡히자 가장 경지가 높은 네 명의 제자, 무극, 연, 무천, 무해를 중심으로 네 개의 조를 만들었다.

여성의 숫자가 비교적 적었기에 연의 조장을 맡아 그 밑으로 다섯 명의 여제자가 있었고, 나머지는 다섯 명씩 조를 이루었다.

무생에게 무공을 전수받은 지 한 달이 조금 넘은 시점이었지만 제자들은 놀랄 만큼 성숙한 모습을 보였다.

내공은 어느 정도 완성되었다고 봐도 무방했다. 검의 깨달음은 아직 미숙했지만 그것은 자연스럽게 해결될 것이다.

'슬슬 시간이 되었군.'

제자들에게 실전을 겪게 하면 되었다. 물론 실제의 적과 싸우라고 시킬 수는 없는 노릇이었다. 하지만 무생은 생각해 놓은 것이 있었기에 아무런 걱정을 하지 않았다.

무생은 얼마 전에 적룡대가 있는 산을 돌아다니며 적당한 규모의 기문진을 완성시켰다.

그것은 현실과 비슷한 수준의 환각을 보여주는 것이었는데 뇌노가 저승을 현세에 불러온다며 만들었던 것과 비슷한 원리였다.

거기에 무생의 무한한 선천지기까지 더해지니 그 위력은

가히 짐작할 수조차 없었다.

무생은 제자들을 불렀다.

제자들은 무생의 앞에 진열을 갖추며 섰다.

이제는 어엿한 무인으로 보일 정도로 성장한 제자들이었다.

무생은 만족스럽게 고개를 끄덕였다.

분명 아직까지는 다른 부대에 비해 턱없이 약하다고 말해도 무방했다.

하지만 앞으로는 달라질 것이다.

"어느 정도 내공과 각자의 형을 만들었을 것이다. 실력이 더 빠르게 늘지 않는 것은 경험이 부족하기 때문이지."

무생이 그렇게 말하자 무극은 고개를 끄덕이며 공감했다.

그들은 서로 검을 맞댄 적이 있기는 하지만 정식으로 비무를 한 적은 없었다.

다른 부대가 정기적으로 비무를 하는 것을 생각하면 턱없이 경험이 부족했다.

"스승님, 저희와 어울려 줄 마교인이 있겠습니까?"

"그런 존재 따위는 필요하지 않다."

제자들이 술렁였다. 무생은 잠시 침묵을 지키다가 입을 떼었다.

"너희에게 필요한 것은 실전이다. 나는 알려줄 것은 다 알려주었다. 이제 너희 스스로 성장할 때이다."

무생의 무거운 말에 제자들은 침을 꿀꺽 삼켰다.

하지만 실전을 겪는다는 것이 도대체 어떤 것인지 아직 와 닿지 않았다.

무생은 천천히 손을 들어 적룡대의 옆에 있는 길을 가리 켰다. 그곳은 적룡대의 옆에 있는 숲으로 가는 길이었다.

"지옥림?"

다소곳하게 있던 연이가 큰 나무에 무생이 써놓은 한자 를 보며 불안한 눈빛이 되었다. 하지만 무생은 아무것도 알 려주지 않았다.

"들어가서 버텨라. 포기는 없다. 전원 다 들어가거라."

"스승님, 저곳에 무엇이 있기에 그러시는 것이옵니까?"

무극의 질문에 무생은 잠시 침묵을 지키다가 입을 떼었 다.

"적이 있을 것이다."

무생이 그렇게 말하자 제자들은 의아함을 감출 수 없었 다.

숲은 산맥으로 둘러싸여 있어서 누군가 들어올 수 없었 고 지금까지 적룡대 이외의 사람이 들어온 적도 없었다. 그 것 외에는 평범한 숲이었는데 갑자기 적이 있다는 소리를 하니 잘 이해가 안 될 수밖에 없었다.

"보름 동안은 나오지 말거라."

자신의 제자이기는 하지만 어쨌든 이들은 마교인이었다. 크게 따지고 보면 광노의 아이들이기도 했다. 무생이 만든 지옥림은 상상을 불허할 정도로 고통스러울 것이다. 아마 평생 겪을 실전을 그곳에서 다 겪을 수도 있었다.

"준비를 하고 각 조별로 들어가도록 해라."

무생은 그렇게 말을 끝마치고 몸을 돌려 자리를 떴다. 이제 가르쳐 줄 것은 없었다. 그들에게 적마신공을 이해 시켰으니 스스로 깨닫고 강해져야 할 것이다. 각자에게 세세하게 가르치기는 했지만 모두를 알려준 것은 아니었다.

생각은 언제나 자유로워야 했다. 그것이 검노와 광노의 무공을 보면서 느낀 무생의 심득이었다.

보름은 힘들 것이다. 포기하고 도망칠 수도 있었다. 하지만 무생이 제자로 받아들인 이상 포기란 있을 수 없는 일이다.

무생은 제자들이 모두 들어가는 것을 보고는 생문을 지웠다. 이로써 보름 동안은 절대 빠져나갈 수가 없을 것이다.

"당분간 조용하겠군."

적당히 조절했기 때문에 목숨에는 지장이 없는, 훈련용

으로는 최고였지만 당사자에게는 사상 최악의 기문진이었다. 뇌노의 기문진을 그대로 참고했으니 이보다 더 완벽한 기문진은 존재하지 않을 것이다.

무생은 뇌노의 진법을 생각하다가 무언가 놓친 부분이 있는 것 같았지만 그냥 잊기로 했다. 기억이 나지 않는 것을 보면 그렇게 큰일은 아닐 것이다.

'음, 뭔가 잊은 것이 있는 것 같은데… 괜찮겠지. 대장간이나 가봐야겠군.'

무생은 바로 할 것들을 찾았다. 어차피 보름 동안은 제자들에게 간섭하지 않을 생각이니 시간을 때울 생각이었다. 그는 어설프게 증축된 숙소를 바라보고는 고개를 끄덕였다. 숙소를 뜯어 고친 다음 대장간을 만드는 것도 괜찮을 것 같았다. 제자들에게 개인 맞춤용 무기를 하나씩 만들어줄 생각이었다. 물론 무아지경에 빠질 정도의 수준이 아닌 그럭저럭 잘 드는 무기 정도를 생각하고 있었다.

대충 만든다고 봐도 무방했지만 무생이 만드는 것이니 충분히 명검 축에 속하고도 남을 무기들이 완성될 것은 뻔했다.

*　　*　　*

무생은 제자들이 들어간 기문진의 이름을 저승수련진이라 이름 붙였다.

'나중에 득도촌으로 돌아가면 다시 설치를 해봐야겠군.'

무림에서의 일을 모두 다 끝내면 그때가 득도촌으로 돌아갈 날일 것이다. 무생은 잠시 득도촌을 생각하다가 본격적으로 몸을 움직이기 시작했다.

"흠⋯⋯."

허름한 숙소를 바라보다가 고개를 끄덕인 그는 본격적으로 보수 작업을 하기 시작했다. 과거에는 연장이 필요했지만 지금은 전혀 필요하지 않았다. 강기라는 것은 참으로 쓸만한 도구였다. 내력의 소모 따위는 전혀 신경 쓰지 않아도 되어 한 손에 수강을 유지한 채 숲에 있는 나무를 단번에 베어 넘겼다.

단 한 수에 열 그루가 넘는 나무가 베어 넘어졌다. 그 후부터의 작업은 일사천리였다. 허름한 부분을 떼어내 보수하는 것에 그치지 않고 아예 새로운 숙소를 구축하기도 했다. 잠을 자지 않아도 되는지라 하루 정도 지나자 숙소는 완전히 달라져 있었다. 이틀이 지났을 때쯤 무생이 구상한 모습이 완성되었다.

무적적룡궁에서 끌어온 물을 숙소 안으로 통하게 하여 마당에는 깨끗한 샘이 고여 있었다. 산맥의 기운이 스며들어 물은 맑은 빛깔로 은은하게 빛나고 있었다. 무생은 그 물을 보고 요리나 술을 담그면 맛이 괜찮겠다고 여겼다.

이것만으로는 조금 심심한 느낌이 들어 근처에서 큰 바위 하나를 들고 와 비석으로 삼았다.

그 위에 수강으로 '무적적룡대'라고 써놓자 그럭저럭 볼 만해졌다.

이틀 동안 단 한 번도 쉬지 않고 이것저것을 만들다보니 숙소를 거의 재건설한 것처럼 되어버렸다.

마교의 어떤 건물보다 튼튼하고 단아한 모습으로 재탄생되었다.

더 보충할 것이 없나 하고 고민하고 있을 때 나타난 것은 단수진이었다.

덕분에 아예 건물을 뜯어고치려던 무생의 손이 거기서 멈추었다.

단수진은 넋을 잃고 숙소를 바라보고 있었다. 며칠 만에 달라진 숙소는 그녀가 보기에도 정상이 아니었다.

자주는 아니었지만 가끔 와서 목욕을 하고 가곤 했던 단수진이었다.

확실히 피가 맑아지고 혈맥이 깨끗하게 닦였을 뿐만 아니라 탁기가 배출되어 피부도 상당히 좋아진 그녀였다.

덕분에 일각에서는 고금제일화는 당연히 마화가 되어야

한다는 주장까지 제기되고 있었다.

원로들은 사랑을 하면 예뻐진다는 말을 하며 흐뭇하게 바라볼 뿐이었다. 아무튼 마화는 상식을 넘어선 모습에 의문을 갖는 것조차 힘들어했다.

무적적룡궁을 어떻게 지었을까 며칠 동안 밤새도록 고민했지만 답이 내려지지 않았다.

무생에게 묻는 것은 왠지 자존심이 상해 혼자 끙끙거리며 추측하고 있었는데 숙소마저 완전 탈바꿈하자 더 이상 생각을 하고 싶지 않았다.

단수진은 간신히 정신을 차리며 무생을 바라보았다.

"도대체 정체가 뭐지?"

"지금에 와서 그것이 뭐가 중요한가?"

눈앞의 적룡대주는 자신이 뽑았지만 모든 것이 수수께끼인 자였다. 단수진은 불안해지기 시작했다. 무생은 단수진의 그런 마음을 알아차렸는지 입을 떼었다.

"네가 피해를 입을 일은 없을 것이다. 지금의 나는 적룡대주고 넌 마교의 중요한 사람이니까."

단수진은 복잡한 마음을 추스르며 무생을 바라보았다. 무림의 그 어떤 존재라도 마교에 일단 들어오면 멀쩡히 살아나갈 수 없다고 생각했지만 무생을 보니 그 마음이 조금은 흔들리는 것 같았다.

'따로 조사해 보기를 잘했어.'

무생과 그의 두 형제의 정체를 마교 밖으로 은밀하게 수소문하고 있는 중이었다.

그나마 외부와 소통에 힘쓰는 소교주의 부하들에게 언질을 했다면 무생의 정체쯤은 쉽게 알아차릴 수 있었겠지만 안타깝게도 그녀는 자존심이 강했다.

게다가 누군가에게 단 한 번도 부탁을 한 적이 없었다.

그런 단수진의 성격 때문에 무생은 비교적 조용히 적룡대에서 하루하루를 보낼 수 있었던 것이다.

"그러고 보니 네가 적룡대의 주인이었던가?"

"그렇다. 너의 상관이자 주군이기도 하지. 적룡대주."

"주군이라. 재미있군."

무생은 딱히 그녀를 상관이라고 생각하지 않았지만 어울려 주는 것도 나쁘지 않을 것 같았다. 적룡대를 맡은 것도 나름 재미가 있기도 하고 말이다.

"적룡대원들은 어디에 있지?"

무생은 대답 대신 숲을 가리켰다. 그녀가 이해할 수 없다는 표정을 지었다.

적룡대의 무공 수위가 상당히 올라간 것은 정말 놀라운 일이었다.

그건 마교에 오래 몸담은 원로급 고수가 오더라도 쉽게

할 수 없는 일이었다.

하지만 비무 대회에서 승리를 하기에는 역시 역부족이었다.

지금 당장이라도 죽을 듯이 노력해야만 그나마 가능성이 있을 지경인데 한가롭게 아무것도 없는 숲으로 보냈으니 그녀가 이해할 수 있을 리 만무했다

그녀가 숲 쪽으로 가려 하자 무생이 불러 세웠다.

"들어가지 않는 것이 좋을 텐데."

"나는 적룡대의 주인이다. 내가 못 볼 이유가 있나?"

"들어간다면 후회한다는 말이다."

그 말에 단수진은 인상을 찌푸리며 무생을 노려보았다.

"무례하군. 네 그 건방진 말투는 개성으로서 인정해 주나 선을 넘지 말도록."

단수진이 무생에게 딱 그으며 그렇게 말했다.

무생을 볼 때마다 그 소문이 생각나고 기묘한 느낌이 들었지만 자존심을 세우며 그것을 무시했다.

단수진이 그렇게 나오자 무생은 별다른 말을 하지 않았다.

'이참에 수련을 시키는 것도 나쁘지 않겠지.'

무생의 기준으로 그녀의 무공 수위는 별 볼 일 없으니 들여보내는 것도 나쁘지 않을 것 같았다.

도진보다 못할 지경이니 이 얼마나 약골이란 말인가.

무생이 아무 말도 없자 단수진은 그의 곁을 획 하고 지나쳐 숲으로 걸어갔다.

앞으로 남은 기간 동안 생문은 열리지 않는다.

그녀가 숲으로 들어간 이상 나올 방법이 존재하지 않는 것이다.

자신이 들어간다면 진법 자체가 깨질 위험이 있기 때문에 들어가지 않을 작정이었다.

무생은 고개를 설레 내저으며 걸음을 옮겼다. 적룡대 이름으로 대장간을 빌리는 것은 쉬울 것이다.

협곡으로만 가도 대장간이 있으니 그곳을 빌리면 될 것 같았다.

마교 소속의 상인들은 무생을 보면 헐레벌떡 뛰어나올 정도였다.

무생의 씀씀이도 엄청났지만 마화와 그렇고 그런 사이라는 소문이 있는 이상 무생에게 잘 보여야만 했다.

"적룡대주님! 오셨습니까!"

"음."

"이번엔 뭘 드릴까요?"

"대장간을 준비해 줄 수 있겠나?"

무생이 마교에서 발행하는 전표를 들며 그렇게 말하자

상인은 허겁지겁 전표를 받아 들더니 어디론가 뛰어갔다. 그리고는 잠시 뒤 온몸에 땀을 흘리면서 다가왔다.

"저쪽 끝에 있는 가장 좋은 대장간입니다요! 기간에 관계없이 편하신 대로 쓰시면 됩니다. 그, 근데 워낙 값을 많이 주셔서……."

"그건, 자네 인덕이겠지."

"하하하! 역시 대, 대인배는 다르십니다요!"

무생은 살짝 웃음을 내뱉었다.

"적룡대원이 오면 대접해 주게나."

"그럼요! 당연한 말씀을. 그, 그런데 마화 님은 같이 안 계십니까?"

무생은 마화가 단수진을 뜻함을 알고 있었다. 무생은 잠시 생각하다가 입을 떼었다.

"적룡대에 있네."

"그, 그렇군요."

상인은 더 캐묻지 못하고 대략 짐작으로 깊은 시간을 함께 보냈다고 생각했다.

밖으로 출타를 잘 하지 않는 마화가 그 허름한 적룡대에 있는 이유는 역시 적룡대주와 함께 있고 싶어서 그러는 것이 아니겠는가!

'만드는 김에 여러 자루 만드는 것도 나쁘지 않겠군. 시

간은 많으니.'

무생은 그렇게 생각하며 대장간으로 향했다.

오로지 무기를 만들 생각으로 숲에 대해서는 신경 쓰지 않고 있었다.

최대한 느긋하게 작업을 할 생각이었다. 그것이 제자들과 단수진에게는 큰 행운이자 불행이었다.

# 第四章

저승수련진의 위력

무생록

단수진은 무생을 애써 무시하며 숲으로 들어왔다. 작은 야생동물밖에 살지 않는 숲은 훈련을 하기에는 역시 적합하지 않은 장소라 생각했다. 게다가 훈련을 담당해야 할 적룡대주는 방치할 뿐이었으니 모처럼 희망이 생긴 단수진은 조급할 수밖에 없었다.

'그자의 실력이 뛰어난 것은 인정해야겠지.'

단기간에 이토록 빠르게 성취를 하게 만든 것은 분명 신기에 가까운 일이었다. 사악한 사공을 전수해 주었나 하고 관찰한 적도 있었지만 그렇다고 보기 어려웠다. 단수진은 산맥에 흐르는 물이 영약 작용을 했다고 예측할 뿐이었다.

'적어도 화경, 그 이상일 거야. 어쩌면…….'

존재감 자체가 마치 그녀의 아버지인 마교의 교주를 떠올리게 만들었다. 그것은 적룡대주로 부임하고 나서 느낀 것으로, 그녀가 무생의 정체를 심각하게 의심한 이유이기도 했다.

'곧 소식이 오겠지.'

지금은 일단 두고 보기로 했다. 단수진은 숲으로 들어가며 무생의 모습을 떠올렸다. 마교에 나도는 소문과 겹쳐지며 그녀의 얼굴이 달아올랐다.

'적룡대가 우승하지 못한다면…….'

약조대로 적룡대주는 단수진의 완전한 부하가 될 터였다. 지금까지 단수진이 파악한 적룡대주는 자신이 한 말을 꼭 지키는 사람이었다. 단수진은 그를 곁에 놓고 부려먹어도 괜찮을 것 같다고 생각했다. 아니, 그 모습을 상상하자 기분이 무척이나 좋아졌다.

"어느 쪽이든 손해 볼 것이 없겠군."

적룡대가 우승을 할 확률이 희박하지만 만약 우승을 하게 된다면 마교 내에 버려지는 아이들이 재조명될 것이 분명했다. 그녀는 재능이 없는 아이들조차 마교로 받아들였으면 끝까지 책임을 져야 한다고 생각했다. 그것은 강자지존의 이전에 강자가 갖춰야 할 아량이었다.

"음"

숲으로 들어온 단수진은 갑자기 바뀐 숲의 분위기에 놀랐다. 분명 이곳은 원만한 경사에 나무가 듬성듬성 있어서 숲이랄 것까지도 없는 그런 공간이었다. 하지만 지금 눈앞에 펼쳐진 광경은 확연히 달랐다. 자욱하게 깔린 안개와 빛이라고는 겨우 한 줌 정도 비치는 어두운 숲 속. 그야말로 두려움을 자극하는 그런 분위기였다.

"진법인가?"

단수진은 사방을 경계하며 검을 집어 들었다. 설마 숲 전체에 진법을 걸어놓았으리라고는 상상하지도 못했다. 이 정도 환경을 바꾸는 진법이라면 마교의 원로들도 며칠은 매달려야 하는 수준이었다. 단수진은 빠르게 생문을 찾아보려 주변을 훑었다. 이런 대규모적인 진법은 허술하게 마련이라 손쉽게 생문을 찾을 수 있을 거라 자신했다. 하지만 두 시진이 흐르고 나서 그녀는 경악을 머금었다.

'없어!'

이곳은 하나의 세계나 마찬가지였다. 밖과 단절된 완벽한 하나의 공간이었다. 이런 진법이 있다고는 들어본 적도 없었다. 식은땀이 흘렀다.

단수진은 검을 잡으며 천천히 걷기 시작했다. 생문을 찾기를 포기한 이상 이 진법이 어떤 작용을 하는지 알아내 대비하는 것이 우선이었다.

'이런 수준 높은 진법을 적룡대주가 설치했단 말인가?'

알면 알수록 놀랍고 신기한 자였다. 이 정도 되니 두려움이 느껴질 정도였다.

'정말 날 노리고 온… 세외의 고수인가!'

그런 생각도 점점 짙어지고 있었다. 묘하게 두근거리는 마음을 가라앉히고 단수진은 날카롭게 주변을 경계했다.

"오호, 새로운 아해가 들어왔군."

흠칫!

단수진은 황급히 몸을 뒤로 뺐다. 그리고는 내공을 운용하며 주변의 기척을 느끼려 노력했다. 하지만 기척은 전혀 느껴지지 않았다.

"그럼, 일단 받아보거라."

갑작스럽게 강기다발이 휘몰아쳤다. 단수진은 놀라며 황급히 방어 초식을 취했지만 그녀가 무지막지한 강기다발을 막아낼 수 있을 리 없었다. 화경을 온전히 이루어도 불가능해 보이는 공격이었다.

"꺄악!"

강기다발이 훑고 지나간 순간 단수진의 몸이 무너져 내렸다. 그녀는 처음으로 죽음을 생각했다.

"허억!"

단수진이 깨어난 것은 잠시 뒤였다. 숨을 가쁘게 토해내며 자리에서 튕기듯이 일어났다. 처음 죽음을 경험했던 곳이 아닌 낡은 오두막 안에 누워 있었다. 단수진은 이곳이 어디인지 전혀 감을 잡지 못했다.

'숲에 이런 곳이 있었던가? 그보다 난 죽지 않은 건가?'

단수진은 자신의 몸을 손으로 훑으며 간신히 안도의 한숨을 내쉬었다. 다행히 사지가 모두 멀쩡했다. 그리고 상처 하나 없었다. 단수진은 이곳이 어디인지 알아내려 자리에서 일어나 조심스럽게 밖으로 나갔다.

휘이잉!

바람이 몰아쳤다. 그곳은 여전히 안개가 자욱한 숲 속이었다. 단수진은 손을 떨며 주위를 살폈다. 정면에 노인 하나가 앉아 있었는데, 허름한 옷을 입고 있는 데다 대머리였다. 그 노인은 단수진이 나오자마자 자리에서 일어나며 그녀를 바라보았다. 눈에서는 위엄이 흘러나왔고 그 기세가 하늘을 찌를 듯했다. 단수진의 몸이 움직이지 않을 정도였다.

'아버지보다 몇 수, 아니, 아득히 위다!'

노인은 단수진을 훑어보더니 부드러운 미소를 지었다.

"그래, 죽어본 느낌이 어떤가?"

"네? 주, 죽어봤다는 말씀은……?"

"뭐, 실제로 죽은 것은 아니겠지만 이곳에서는 그렇게 느꼈을 테지."

노인이 알 수 없는 말을 하자 단수진은 긴장을 했다.

"저… 존명대성이 어찌되십니까? 어, 어찌 이곳에……."

"내 친구가 불러서 왔지. 뭐, 이런 결과는 예측하지 못했을 테지만. 설마 뇌노가 만들었던 저승강림진을 완벽히 구현했을 줄이야."

그의 중얼거림을 단수진은 도저히 이해할 수 없었다. 노인은 고개를 젓고는 주위에 있던 나뭇가지를 천천히 쥐었다.

"간단히 설명해서 저승과 이 숲을 연결했다고 보면 되네. 뇌노조차 힘들어했던 것을 무생, 그 친구가 단번에 해낼 줄은 몰랐네. 그것도 이리 쉽게 말이야. 허허허."

"무, 무생이라 하시면… 그 염마지존 무생 말씀이십니까?"

노인은 단수진을 바라보았다.

"설마 모르고 있었던 건가? 뭐, 상관없겠지. 이곳은 무인들이 잔뜩 있는 곳이니 실컷 놀다 가거라."

"저는 마교의 단수진이라 합니다. 어르신! 저, 저는 도저히 이 상황이 이해가 되지 않아요. 여기는 어디지요? 그리고 어르신은……!"

노인은 단수진에게 나뭇가지를 가볍게 겨누었다.

"저승강림진일세. 그리고 광노라 부르게나."

"광노……?"

"그럼 시간은 많으니 천천히 가겠네."

"자, 잠깐……!"

서걱!

광노의 나뭇가지가 휘둘러지자 단수진의 몸이 또다시 무너져 내렸다. 그것이 지옥의 시작이었다. 단수진이 그 자리에 쓰러진 순간 광노의 손에 들렸던 나뭇가지가 사라졌다.

"단수진이라… 이것도 인연인 거겠지. 말년에 검을 좀 다루었으니 쓸 만은 할게야."

광노는 괜히 허리를 두드리며 자리에 앉았다.

"무생, 이 친구야. 아해들 훈련시키려고 이런 걸 만들다니, 저 밑의 염라대왕이 얼마나 노여워하는지 아는지 모르겠군. 허허, 나야 놀러올 수 있어서 좋네만……."

광노, 선계는 그의 취향이 아니었다. 차라리 검노나 뇌노가 한가하게 바둑을 두고 있는 저승이 나을 지경이었다. 무생이 보내온 아해들이니 적당히 가르쳐서 돌려보낼 생각이었다.

"그래, 저승은 어떤가?"

광노가 묻자 뒤에서 검은 그림자가 솟구치더니 두 노인의 형상이 생겨났다. 점차 뚜렷해지다가 흰 도복을 입은 모습이 만들어졌다.

"우리야 한가하다네."

"나름 괜찮은 곳이지만 조금 심심한 것이 단점이지."

두 노인은 검노와 뇌노였다. 뇌노는 숲에 펼쳐진 진법을 감탄하며 바라보았다.

"득도촌에 설치하려고 했던 것보다 더 완벽해졌군. 뭐, 무생이 펼친 것이라면 당연하네만……."

뇌노는 고개를 끄덕였다. 오랫동안 보아온 무생의 능력은 그 끝을 짐작하기 어려웠다. 게다가 무공을 습득하고 난 후에 그 모든 능력이 더욱 증폭된 감이 있었다.

"허허, 이런 진법을 겨우 훈련용으로 쓰고 있다니. 역시 무생이군."

검노는 진법에 대해서는 잘 알지 못했지만 그래도 보는 눈은 있었다. 저승과 선계를 일부나마 잇는 진법은 이 세상에 존재해서는 안 되는 금기나 마찬가지였다. 광노 말대로 염라대왕이 길길이 날뛰고 있으니 말이다.

"광노, 그것 아는가?"

"음?"

검노는 웃은 낯으로 광노를 바라보았다.

"염라의 명부에 무생의 이름은 없었네."

검노의 말을 들은 광노의 얼굴이 기묘해졌다 기뻐해야 할지 아니면 안타까워해야 할지 도저히 선택할 수 없다는 얼굴이었다.

염라대장의 명부는 과거와 미래가 모두 기록되어 있었다. 물론 운명은 바꿀 수 있지만 목숨을 연장하거나 하는 것이 대부분이었다. 하지만 그 명부 자체에 이름이 없는 것은 무생이 유일했다. 뇌노는 그것이 가지는 의미를 연구해 보았지만 도저히 답이 내려지지 않았다.

"광노, 자네가 시간이 나면 선계의 신선들에게 물어보게나."

"에잉, 그 허연 놈들은 꼴보기도 싫은데 말이야. 하도 거드름을 피워서 반쯤 죽여놓았지."

뇌노가 그렇게 말하자 광노는 혀를 차며 대답했다. 광노의 말에 뇌노와 검노는 역시 선계에 올라도 천마지존은 천마지존이라고 생각할 따름이었다.

"무생이 보내온 아해들을 적당히 훈련시켜 돌려보내게나."

광노가 그렇게 말하자 검노와 뇌노는 동시에 고개를 끄덕였다.

"근데 괜찮겠나? 이곳은 마교인 것 같은데 말이야. 아해들은 마교 소속으로 보이고."

검노의 말에 광노는 상관없다는 듯 고개를 끄덕이며 입을 떼었다.

"무생은 천마신공을 익히고 있네. 그것도 원류를 뛰어넘는 완벽한 수준의 천마신공이지."

광노의 말을 뇌노와 검노는 이해했다. 마교의 입장에서 그것은 결코 간단한 말이 아니었다. 천마신공은 단순한 무공이 아니라 마교의 절대 무력을 상징하는 무공이었다.

천마신공을 얻는 자, 마교의 지배자가 되리라.

그것은 마교에서 내려져오는 그 누구도 거스를 수 없는 절대적인 율법이었다.

"그래서 자네가 무생에게 그런 부탁을 했던 것이군."

뇌노는 조금은 허탈한 음성을 담아 말하고는 조용히 사라졌다.

"그럼 수고하게나. 허허."

검노 역시 그 자리에서 모습을 감추었다. 광노는 쓰러져 있는 단수진을 따스한 눈으로 바라보았다.

"무생과 대를 이었으면 딱 좋은데 말이야."

그렇게 된다면 마교는 미래에도 존재할 수 있을 것 같은 예감이 들었다.

적룡대원들은 죽을 맛이었다. 스승이 숲으로 들어가 보란 이유를 드디어 알 것 같았다. 얼마나 시간이 지났는지조차 감이 잡히지 않았다. 죽음을 경험하기에 바빴기 때문이었다.

그것은 분명 환각에 가까운 것이었지만 적룡대원들이 느끼기에는 지독한 현실이었다. 어디서 몰려왔는지 모를 검은 형체의 인형들이 적룡대원들을 마구잡이로 학살하고 있었다. 그들은 마치 요괴와 같은 모습이었고 저승사자처럼 느껴지기도 했다. 그나마 위안은 한 번 몰살당하고 나면 잠깐 주어지는 휴식 시간이었다.

"대사형, 괜찮아요?"

제일 늦게 눈을 뜬 무극을 걱정스러운 눈으로 바라보는 이는 연이였다. 그것은 다른 적룡대원들 역시 마찬가지였다. 무극이 대사형이었고 무해, 무천, 그리고 연이가 그다음이었다. 무생이 모두를 가르치기는 했지만 네 명이 무생을 도와 부족한 부분을 지도했기에 자연스럽게 서열이 정해져 있던 것이다. 서열이라고는 하나 모두 형제같이 지냈기에 엄격한 구분은 없었다.

"도대체 몇 번 죽은 거지?"

"적어도 열 번 이상인 것 같아요."

무극의 말에 연이가 대답했다. 그때 그들의 뒤에 나타나는 노인이 있었다.

노인이 나타나자 적룡대원은 모두 공손하게 고개를 숙였다.

노인은 지옥 같은 이 상황 속에서 유일한 탈출구였다.

"허허, 모두 고생했나 보군."

검노와 뇌노가 돌아가며 쉬는 시간마다 적룡대원들을 지도했다.

무극은 자신들에게는 스승이 있다는 말로 조심스럽게 거절 의사를 밝혔지만 검노와 뇌노가 그 스승이 부탁한 일이라고 하자 지도를 받아들일 수밖에 없었다.

자신들을 그저 할아버지라 부르라는 말에 어찌 할 바를 몰랐지만 열 번 정도 죽음을 경험한 후인 지금은 사이가 대단히 가까워졌다.

"도저히 당해낼 방도가 없었습니다."

무극이 그렇게 말하자 적룡대원들 역시 고개를 끄덕였다. 검노는 무극의 말에 인자한 웃음을 지으며 고개를 끄덕였다.

"당연한 것이지. 저들은 모두 왕년에 이름을 좀 날렸던 고수니 말이야. 너희가 당해낼 수 없는 것은 당연한 것이다."

"그럼 어찌합니까? 언제까지 이곳에서……."

"음, 내 친우의 제자 치고는 패기가 부족하군."

검노는 가라앉은 눈으로 적룡대원들을 바라보았다. 패배감과 절망감이 가득한 눈이었다. 그것은 당연했다. 이들은 아직 어린 소년소녀고 죽음이란 것을 몇 번이나 경험하기에는 아직 미숙했다. 미치지 않은 것은 무생의 선천지기로 이루어진 진법 때문이었다.

"너희는 무인인가?"

검노가 묻자 적룡대원들은 잠시 머뭇거리다가 입을 떼었다.

"무인입니다."

"그렇습니다."

그 목소리에 검노는 고개를 끄덕였다.

"그렇다면 이 얼마나 좋은 환경인가. 너희보다 훨씬 고수들이 너희를 죽이기 위해 기다리고 있다. 너희는 보통 무인이 단 한 번밖에 못 겪는 기회를 몇 번이고 쥐고 있는 것이지."

비록 허무하게 패배하더라도 분명 배울 것이 있었다. 그 상대가 굉장한 고수들이라면 얻을 수 있는 심득은 이루 말할 것도 없었다.

"너희의 스승이 너희를 위해 심력의 소모를 감당해 가며
이 엄청난 공간을 만들었다. 그것에 보답해야 하지 않겠느
냐?"

적룡대원은 난생 처음 자신들을 가르쳐 주고 따스하게
대해준 무생의 모습을 떠올렸다. 재능이 없다고 손가락질
을 받았지만 무생은 자신들에게 충분한 재능이 있다고 말
해주었다. 그리고 무공을 펼칠 수 있게 해주었다. 비무대회
라는 꿈을 가질 수 있게 해준 것이다.

무극의 눈에 투지가 생겼다. 무극이 적룡대원들을 바라
보자 적룡대원들은 고개를 끄덕이며 끝까지 함께할 것을
맹세했다.

검노는 인자한 웃음으로 그들을 바라보며 검을 뽑았다.

"보고 느끼고 대항해라. 그것이 너희가 얻어야 할 심득이
다."

검노가 천천히 검을 들었다.

"시간이 많지 않군. 그래, 적마신공이라 했느냐?"

"예. 스승님께서 직접 가르쳐 주신 적룡대의 유일한 무공
입니다."

"좋군. 대성한다면 한층 더 높은 경지를 향하게 해주는
상승무공이다. 보통 화경을 이룬 고수들이 그 위를 향하지

못하는 이유가 뭔지 아느냐?"

검노가 묻자 무극을 포함한 모두가 대답하지 못했다. 화경은 입신의 경지였고 그들로서도 말로만 들어보았던 것이기 때문이다.

"단지 스스로의 무공에 갇혀서 빠져나오지 못하기 때문이다. 생각이 좁아지고 그 눈에는 아무것도 보이지 않지. 적마신공이 위대한 점은 너희가 그곳에 도착했을 때 알 수 있을 것이다."

검노가 검을 흔들자 적룡대원들도 검을 치켜들었다. 검노는 단 한 번 본 적마검법을 그대로 재현해 보였다. 무생의 검법은 기본적으로 검노의 모든 것이 근본이었기 때문에 적마검법은 검노에게 무척이나 익숙한 심득을 담고 있었다. 검노는 적룡대원들이 죽음에서 돌아올 때마다 조금씩 그것을 이해시키고 있었다.

실전과 훈련이 합해지니 자신들도 모르는 사이에 실력이 일취월장하고 있는 것이다. 게다가 뇌노가 등장할 때는 기본적인 진법에 대한 지식, 진을 이루는 방법과 내공심법의 운용, 그리고 상황에 따른 각종 임기응변들을 알려주었다. 때문에 적룡대는 조직적으로 완성이 되어갔고 개개인의 지식도 상당히 늘어났다.

이것은 무림인들이 꿈도 못 꾸는 기연이었다. 검노와 뇌노의 지도 아래 적룡대원들은 억눌러 놓았던 무인의 본능을 일깨우며 잠재력을 폭발시킬 수 있었다.

"이번에는 꽤나 버텼어요! 대사형!"

"그래, 노사께서 알려주신 진을 형성하니 버틸 만하더구나."

무극과 연의 대화에 적룡대원들은 미소를 지으며 주먹을 불끈 쥐었다. 진이 뚫릴 때마다 망설임 없이 자신의 몸으로 그곳을 막아서는 사제, 사매들을 바라보며 무극은 스스로 강해져 그런 일이 실제로 발생하지 않게 하겠다고 다짐했다.

'내가 적룡대의 대사형이다.'

그렇게 투지를 불태우며 기도가 열렸을 때 검노와 뇌노는 흐뭇하게 그 광경을 바라보았다.

"허허, 죽고 나서 제자를 얻을 줄은 몰랐군."

"심득을 남기는 것도 나쁘지 않은 것 같네. 저 아해들은 순수하고 올곧은 마음을 가지고 있어. 진정한 고수가 갖춰야 할 덕목은 무공이 아니라 그런 마음자세이니 말이야."

검노와 뇌노는 설마 자신들이 마교의 아해들을 가르치게 될지 죽어서도 몰랐었다. 하지만 정마의 구별은 아주 오래전에 집어치웠으니 꺼릴 것이 없었다.

"끝나고 나면 무생에게 안부나 물으러 가도록 하세."

"뭐, 그 정도는 염라, 그 양반도 용서해 주겠지."

검노와 뇌노는 저승에서도 마음대로 행동할 수 있는 대단한 고수였다. 우화등선을 억누르며 죽음을 맞이한 자들은 거의 없었기 때문이다.


적룡대원들과는 달리 단수진은 광노에게 단독으로 죽임을 당하고 있었다. 광노의 성격상 실전으로 알려주는 것을 선호했기에 단수진은 필사적으로 광노의 공격을 피해야만 했다.

"허허, 제법 신법이 날카로워졌구나. 하나······!"

"으, 으읏!"

광노의 나뭇가지가 복부를 찌르자 단수진은 그대로 튕겨 나가며 바닥에 쓰러졌다. 비틀거리며 일어나 다시 검을 잡는 모습을 본 광노의 눈에 이채가 서렸다.

광노에게 단수진은 아득히 아래에 있는 후손이었다.

자신의 피를 이은 아이답게 자질은 무척이나 뛰어났다. 용모가 훌륭하고 머리도 좋다. 자존심이 강하다뿐이지 검에서 느껴지는 마음은 마교의 아이 치고는 여렸다.

'음, 역시 무생의 짝으로서 완벽하군.'

광노가 진심이 되어 단수진을 가르치고 있는 이유는 자

신의 후손이기도 하지만 무생과 어울렸으면 하는 마음에서였다. 무생에게 애정이라는 것을 알려주고 싶었고 그가 앞으로 감당해야 할 기나긴 세월에 원동력이 되어주길 바랐다.

"허허! 마교의 딸이 그렇게 굼떠서 되겠느냐!"

"이, 일부러 그렇게 움직인 거예요!"

"그럼 일부러 한 번 더 죽거라."

"꺄악!"

광노가 단번에 심장을 찌르자 단수진의 몸이 급격히 무너져 내렸다.

"흠, 아무래도 무생의 짝이라면 고금제일화가 되어야겠지. 적어도 선계의 선녀들보다는 예뻐야 할 테니……."

광노는 쓰러져 있는 자신의 아득히 먼 후손을 바라보며 고개를 끄덕였다. 그가 알고 있는 무공 중에서 미용에 특히 효능이 있는 것들을 떠올렸다.

추녀라도 빼어난 미인으로 만드는 선미옥공(仙美玉功)과 아름다운 몸매를 가꾸어주는 옥마검법(玉魔劍法)을 전수하기로 마음먹었다.

본래 상승무공이라 부르기에는 무리가 있었지만 광노가 뇌노와 함께 수정 보안했기에 절세 신공이라 말해도 부족함이 없었다.

광노는 무공이 갖는 위력은 둘째 치고라도 그 효능 때문에 두 무공을 전수하려 하고 있었다.

　그것이 마교, 아니, 더 나아가 무림에 어떤 영향을 줄지 그 누구도 몰랐다.

# 第五章

마교와 염마지존

무생록

대장간을 빌린 무생은 몇 날 며칠을 자지 않고 망치를 두 드렸다. 늘 그렇듯 힘들다고는 전혀 느끼지 않았고 제법 쓸 만한 것들을 만든다는 느낌으로 망치를 휘두른 것이다.

　일반적인 재료들로 만들었으나 무생의 선천지기는 그 재 료마저 극상으로 만드는 말도 안 되는 기운이었다. 자연 만 물과도 비교를 불허하는 극상의 순수함이 깃들자 광택이 나며 은은한 빛이 감돌았다.

　무생은 만들어진 검신을 보며 살짝 고개를 끄덕일 뿐이 었다.

"나쁘지 않군."

보급품 정도로 만들고 있었지만 무생의 기준이 아득히 높다 보니 만들어지는 것은 모두 빼어난 명검이었다. 적어도 한 문파의 장문인이 아니고서는 가질 수 없는 수준이었는데 무생은 대수롭지 않게 생각하고 있었다.

적룡대라고 양각을 넣고 나서야 손을 멈추었다. 그러다가 자신의 상관인 마화의 검이 무척이나 투박하다는 것을 깨닫고 하나 줄 요량으로 다시 손을 움직였다.

'처음 겪어보는 상관이니 말이야.'

긴 세월 동안 처음으로 누군가가 자신의 위에 있는 것이었다. 대단히 신선한 감각을 느끼게 해주었으니 그에 상응하는 것을 줄 생각이었다. 어쨌든 적룡대의 주인이니 그와 어울리는 검쯤은 가지고 있는 게 좋을 듯했다.

무생은 그러한 마음을 담아 무아지경에 빠져들어 갔다. 손을 놓았을 때는 며칠이 지난 시점이었다. 눈앞에 완성되어 있는 검은 굉장히 화려했지만 그 안에 날카로움이 숨겨져 있었다. 여인과 같은 도도함과 선녀 같은 고귀한 우아함이 공존하는 희대의 마검이었다.

"조금 힘이 들어갔나? 상관없겠지. 어차피 검은 검일 뿐이니."

무생에게 있어서 검은 그저 베는 도구일 뿐이었다. 아무리 잘 들어봤자 검은 검일 뿐이었고 그 이상이 될 수는 없었다. 다만 상징적인 의미를 가질 수는 있다고 생각했다. 무생은 마화검이라는 이름을 붙였다. 마화검을 잡자 공명하며 아름다운 소리를 토해냈다.

"끝났군."

검을 모두 만들고 대장간 밖으로 나오자 초조함을 감추지 못하고 기다리고 있는 흑수가 보였다. 대장간에서 새어나오는 존재감 때문에 감히 들어가지 못하고 있던 것이다. 흑수는 무생이 나오자 무언가 예전과는 다른 태도로 그를 맞이했다.

"나, 나오셨군요."

"무슨 일이지?"

흑수는 왜인지 눈을 마주치지 못하고 있었다.

'이자가… 바로 그……!'

흑수는 흑수 나름대로 고민에 빠졌다. 그저 사파를 흉내내고 있는 세외의 고수 정도로 생각했지만 소교주가 은밀히 흑수를 불러 알려준 내용은 가히 상상을 초월하는 것이었다.

'적룡대에 염마지존이 있다! 최대한 그분의 편의를 봐주도록 해라.'

마교의 소교주조차 조심스러운 태도를 유지하고 있었다.

그도 그럴 것이 마교의 소교주는 염마지존이 천마신공을 펼치는 것을 보았고 그 이유 때문에 마교에 왔다고 생각하고 있는 것이다.

당연희는 현재 소교주의 보좌 신분으로 있었는데 그녀는 무생이 마교에 적룡대주에 머물고 있는 이유를 대략 추측했다.

마교의 전반적인 것을 살펴보고 어떤 곳인지 파악하려 하고 있다는 것이 그녀의 생각이었다. 소교주는 흑수에게 비밀을 엄수할 것을 명령했다.

흑수는 평정심을 유지하려 했다. 하나 눈앞에 있는 자가 그 위대한 염마지존이라 생각하니 절로 몸이 떨려왔다.

"아, 아닙니다. 그… 주군께서는 어디에……?"

"적룡대에 있다."

흑수는 적룡대에 가보긴 했으나 마화를 찾을 수는 없었다. 하나 무생이 그렇다고 하니 적룡대에 있다고 생각할 수밖에 없었다.

"혹시 그 요사스러운 숲 속에 계시는 겁니까?"

"무슨 생각인지는 자세히 모르나 무공을 연공해서 나올 것이니 걱정하지 않아도 된다."

"그, 그렇습니까? 하, 하하. 적룡대주께서는 주군과 상당히 관계가 깊은 것 같습니다."

상관과 하급자의 관계니 꽤나 밀접한 사이라고 무생은 생각했다.

소교주는 흑수에게 한 가지 더 당부했는데, 되도록 마화와 깊은 관계를 만들 수 있도록 밀어주라는 말이었다. 그것은 이득적인 부분도 있었지만 원로들의 생각처럼 자신의 누이가 좋은 사람을 만났으면 하는 바람도 있었다.

무생은 소교주에게 있어서 당연히 좋은 사람을 넘어선 위대한 사람이었다. 정마를 통합하여 혈교와 대항하게 만든 마교를 넘어선 지존이었다.

'지금쯤이면 교주께서도 이 사실을 아셨을 터.'

무공에 미친 교주가 어떤 반응을 보일지는 뻔했다. 무생이 대장간에서 나오자 상인들이 손수 무생이 만든 검을 적룡대에 옮겨주기 시작했다.

"허억!"

"이, 이런 검이!"

상인들은 떨리는 손으로 조심스럽게 검을 들었다. 딱 보기에도 범접할 수 없는 기품이 나오는 검은 모두 스무 자루가 넘었고 특히 마화검이라 양각된 검은 감히 만질 수도 없을 정도로 대단한 존재감을 뿜어내고 있었다.

"마침 잘됐군. 자네, 검 역시 쓰는 것 같던데."

"예. 살법을 주로 쓰나 검법도 익혔습니다만……."

무생이 손을 뻗자 검들 중 하나가 손에 들려졌다. 허공섭물의 수법으로 잡은 그 검을 흑수에게 주었다.

"하나 쓰도록 해라. 나쁘진 않을 것이다."

흑수는 검을 받아 들고는 멍한 표정이 되었다. 손에 잡히는 검의 감각은 가히 전율이 들 정도였고 내뿜어지는 공명이 명검임을 알려준 것이다.

'염마지존이 모든 것에 능통하다는 말이 결코 거짓이 아니었구나!'

흑수는 자신을 챙겨주는 염마지존의 은혜에 감동하였다. 마화의 부하인 자신을 챙겨주는 것을 보니 아무래도 마화에게 조그마한 관심이라도 있는 것이 확실하다고 여긴 흑수였다.

"지금쯤이면 나오고 있겠군."

대략 시간을 짐작한 무생은 흑수와 상인들의 시선을 받으며 적룡대로 향했다.


적룡대에 도착한 무생은 숲을 한 차례 바라보다가 무적적룡궁에 들어갔다. 무생의 시간을 방해하지 않기 위해 흑수는 조용히 물러났고 상인들 역시 검을 가져다주고는 사라졌다.

생문이 열리는 것을 기다릴 겸 조용히 차를 마시고 있던 무생이 자리에서 일어났다. 뒤에서 인기척이 느껴졌기 때문이다.

무생이 의아함을 느낄 정도로 인기척은 적었다. 사람의 기척이라고는 생각할 수 없을 정도였다. 그러나 무생이 두려워하거나 긴장하는 모습은 결코 찾아볼 수 없었다. 그럴 이유가 없을뿐더러 필요도 없기 때문이었다.

"오랜만이군."

익숙한 목소리에 무생은 천천히 뒤를 돌아보았다. 그곳에는 은은한 흰 빛을 두르고 있는 광노가 술잔을 들고 자신을 바라보고 있었다.

양옆에는 흰 도포를 입고 있는 검노와 뇌노가 있었다. 무생은 잠시 눈을 깜빡이다가 고개를 설레 저으며 미소 지었다.

"깜빡하고 있던 것이 이것이었군."

"허, 자네 이런 중요한 일을 잊고 있었던 건가? 그 진법을 설치하면서 말이야."

무생의 말에 뇌노가 그렇게 대답했다.

"그래, 그곳은 편안하던가?"

무생이 묻자 뇌노와 검노는 고개를 저었다. 무생은 지금까지 죽음을 바랐다. 하나, 저승에 간 검노와 뇌노를 보니 그곳 역시 무료하긴 마찬가지인 것 같았다. 아무런 근심,

걱정 없는 모습이었지만 기대와는 다른 것 같았다.

무생이 원하는 것은 그저 안식, 그것뿐이었다.

"뭐, 우리야 반쯤 신선이니 아직 처분이 내려지지 않은 것뿐이지. 아마 명계로 들어가면 나오지 못할 것이네."

"음, 그래. 반쯤 죽었다고 보면 되네."

무생은 그동안 자신이 추구한 죽음에 대해 깊은 생각을 하다가 고개를 저었다. 이래나 저래나 그의 목표는 죽어서 평온을 얻는 것일 뿐이었다. 그것이 언제가 될지는 모르지만 말이다.

'무생, 자네가 죽는다고 해도 명계에 들 수 있을지는 모르겠네.'

뇌노는 그런 생각을 입 밖으로 내지 않았다. 지금의 무생은 어느 정도 살아가는 의지를 보여주고 있었기 때문이다.

"이야기는 이쯤하고, 한잔하지. 선계의 신선주이네. 제천대성이 좋아한다는 술이지."

무생은 고개를 끄덕이며 술잔을 받았다.

"자네를 위하여 건배하지."

광노가 그렇게 말하자 술을 붓지 않았음에도 술잔에 술이 저절로 차올랐다. 무생을 포함한 검노와 뇌노, 그리고 광노는 잔을 가볍게 부딪혔다.

쨍!

술의 달콤한 향기와 함께 평온한 기분이 된 무생이었다. 그것이 자신이 얻고 싶어 하는 안식임을 깨달았다. 광노는 간접적으로나마 그것을 체험할 수 있도록 선물을 준 것이었다.

무생이 술잔을 내리며 광노의 모습을 찾았을 때 그는 이미 없어진 후였다. 검노와 뇌노의 기척도 느껴지지 않았다. 술잔 역시 존재하지 않았다.

"고맙군."

무생은 그렇게 말하며 그들이 있던 곳을 바라보았다. 그리고 다시 한 번 마음을 다잡았다. 무생록을 완벽히 완성해 죽음을 스스로의 손으로 이루어 명계에 들겠다고 말이다.

그나마 환상으로나마 희미하게 이어졌던 저승과의 끈이 사라졌다. 무생은 직감적으로 이제는 다시 그들을 볼 수 없을 거라고 느꼈다. 진법 역시 이번처럼 작동할지 의문이었다.

무생이 무적적룡궁에서 천천히 걸어 나오자 숲에서 거의 반쯤 기듯이 나오는 적룡대원들이 보였다. 서로가 서로를 의지한 채로 간신히 움직이던 그들은 숙소 앞에서 쓰러졌다. 보름 동안 이어진 강행군은 육체적으로도 정신적으로도 그들에게 많은 시련을 준 것이었다.

마지막으로 나온 것은 단수진이었다. 그녀 역시 엉망이

었는데 그래도 적룡대원과는 다르게 무생의 앞까지 걸어왔다. 힘겹게 발을 움직이던 단수진은 무생을 원망하는 눈으로 바라보다가 그 자리에 쓰러졌다.

무생은 그녀를 안아 들고는 숙소로 옮겼다.

제자들은 흑수의 부하들이 모두 숙소로 옮겨 주었다.

선천지기를 그녀의 몸 안에 주입해 생기를 북돋아준 다음, 제자들 하나하나 모두 그렇게 했다.

그리고 잠시 제자들을 바라보다가 숙소에서 나와 진법을 정지시켰다. 전과 같은 효과는 발휘할 수 없겠지만 그래도 훈련용으로는 말도 안 되는 진법인 것은 확실했다.

'그동안 굶었으니 음식을 차려줘야겠군.'

아마 깨어날 때쯤이면 아주 많이 배가 고플 것이었다. 무생은 가볍게 신법을 전개하며 숲을 지나다가 커다란 멧돼지를 잡아왔다. 그리고는 미리 사놓은 각종 재료들을 꺼내 요리를 하기 시작했다.

"괜찮군."

순식간에 먹음직스러운 것들이 완성되었다. 요리가 완성될 쯤에 제자들이 정신을 차리고 나오기 시작했다. 그들은 완전 다른 모습이었다. 눈에서는 독기와 패기가 흘렀고 기도는 안정되어 있었으며 내공은 완전히 자신의 것이 되어 있었다.

이제는 일류고수라 불러도 어색함이 없을 정도였다. 특히 무극은 절정의 경지에 올랐는데 무해, 무천, 연도 무생보다 한 수 아래였지만 성취가 매우 뛰어났다.

"다들 잘 지냈나 보군."

"옛!"

산이 떠나갈 것같이 목소리가 우렁찼다. 과거 적룡대의 모습은 완전히 사라지고 앞으로 마교를 이끌어갈 고수로서의 모습이 보이고 있었다. 무생은 그저 제법 성장한 제자들이 기특할 뿐이었다.

"먹거라."

"예, 스승님."

무생의 말이 떨어지자 기다릴 것도 없다는 듯 절도 있는 모습으로 와서 차려진 음식을 먹기 시작했다. 이제 어느 정도 고수의 반열에 들기는 했으나 무생이 보기에는 아직 어린아이들일 뿐이었다. 많이 먹어야 건강하게 자랄 테니 음식에 제법 신경을 썼다.

자제들은 허겁지겁 먹기 시작했다.

"스승님, 주군께서는……."

"마화 말인가? 걱정 말거라."

무극은 마화 역시 숲에 있었음을 생문이 열릴 때쯤에 알아챘다. 무생이 스승이기는 하지만 그들의 적룡대의 주인은 마화이니 그녀를 걱정하는 것도 당연한 것이었다. 대우야 어쨌든 마화는 자신들의 목숨을 보존할 수 있게 살려준 고마운 주군이자 은인이었기 때문이다.

무생은 요리를 담고 단수진이 잠들어 있는 방으로 들어갔다. 그가 들어갈 때쯤 단수진이 정신을 차리며 일어났다.

단수진은 무생을 노려보았다.

"염마지존 무생."

"그냥 무생이라 불러라."

자신의 정체를 알아챘어도 무생은 별로 동요를 보이지 않았다. 그 모습이 마음에 들지 않는지 단수진의 눈썹이 찡그려졌다.

"천마지존께 들었어요. 당신이 천마신공을……."

"왜 갑자기 존대를 하는 거지? 너는 내 상관이 아닌가?"

"그건 그렇지만… 천마신공을 익히고 있는 염마지존께 무례를 저지를 생각이 없습니다."

조금은 망설임이 느껴지는 차가운 목소리였다. 무생은 피식 웃을 뿐이었다.

"그것이 날 무시하는 처사겠지. 지금의 난 적룡대주일 뿐이다."

"이상한 사람이군요, 당신은. …그럼 소원대로 그리 하겠다."

"먹어라."

무생이 음식을 탁자 위에 올려놓고 등을 돌려 나가려고 했다.

"잠시만……."

"왜 그러지?"

단수진은 무생과 눈을 맞추며 입을 떼었다.

"마교에 온 이유는?"

"부탁받았다. 개인적인 용무가 있고 흥미도 좀 있지."

"……그렇군. 알았다."

무생이 방을 나가자 분위기를 깨는 단수진의 짧은 비명 소리가 들려왔다. 아무래도 음식이 너무 맛있었던 것이 흠이라면 흠이었다.


\*　　　\*　　　\*


다음 날이 되자 무생은 모두를 무적적룡궁으로 불러 모았다. 단수진도 자리를 떠나지 않고 있었는데 아무래도 무생 때문인 듯 보였다. 흑수에게 마교의 일을 모두 떠맡긴 덕분에 흑수는 철야 작업으로 밤을 지새고 있었다.

단수진 하나가 없는 것만으로도 마교가 삐걱거릴 정도니 단수진이 얼마나 뛰어난 여인인지 알 수 있는 대목이었다.

하나, 지금은 마교의 운영은 뒷전으로 놓아야만 했다.

'대단해. 이 정도라면 우승도 불가능한 것이 아니야.'

그 말도 안 되는 환경 속에서 훈련을 했으니 이 정도는 당연한 걸지도 몰랐다. 단수진 본인도 천마지존에게 직접 마교 고유 무공을 전수받았으니 지금은 그녀의 동생인 소교주와 붙어도 이길 자신이 있었다.

무생이 마련해 준 도복을 입은 제자들은 감동한 눈으로 서로를 바라보고 있었다. 그들의 가슴에는 적룡대를 상징하는 문양이 새겨져 있었고 마화를 뜻하는 문양 역시 그려져 있었다.

"적룡대주, 이제 훈련은 끝난 건가?"

"갖출 것은 모두 갖추었다. 다만……."

"다만?"

무생은 한쪽에 가지런히 놓여 있는 검들을 가리켰다. 마화는 그 검을 보고는 놀라움을 감출 수 없었다. 명검에 속하는 검들이 적룡대원의 숫자에 맞게 배치되어 있었기 때문이다. 무생이 손짓하자 대사형인 무극부터 나와 차례대로 검을 받았다.

제자들은 검을 받아 들고 한동안 조용히 그렇게 있었다. 몰려오는 감동은 일류에 이른 고수들이라고 하더라도 쉽게 가라앉힐 수 있는 것이 아니었다.

검을 부러운 눈으로 바라보던 단수진은 무생의 시선을 느끼고는 황급히 검에서 시선을 떼었다.

"부러운가?"

"마교에는 보물이 쌓여 있다."

"그럼 이 정도 검도 쌓여 있겠군."

무생이 손을 뻗자 검이 딸려 왔다. 단수진은 그의 손에 들린 검을 보고 넋이 나갔다. 너무나 아름다우면서도 차가운 극상의 검이었다.

지이잉!

무생이 그 자리에서 검을 몇 번 휘둘렀다. 맑은 공명음과 함께 주변의 대기가 울리며 진동했다. 살짝 검을 앞으로 치켜들자 검은 예기가 꽃을 형성하며 검 끝에 달렸다.

그것은 마화검 그 자체가 가지고 있는 기운이기도 했다. 단수진은 멍하니 그것을 바라보다가 검면에 양각되어 있는 글자를 읽었다.

"마… 화검?"

그녀가 그 이름을 말하는 순간 무생은 그녀에게 검을 건네주었다. 그녀가 떨리는 손으로 검을 받아 들자 아무렇지도 않다는 듯 시선을 돌렸다.

"어, 어째서 나에게 이 검을……?"

"만드는 김에 만들었다."

"날 위해?"

단수진은 두근거리는 마음을 감추며 무생을 바라보았다. 어느 값비싼 장신구나 보물보다도 검을 좋아하는 그녀였다. 무생이 만들어준 것은 천하십대보검에 들고도 남을 정도였으니 그녀가 표정 관리가 안 될 정도로 기뻐하는 것은 당연했다.

무생은 제자들을 바라보았다.

"수고했다. 각자 연공하도록."

그렇게 말하고는 등을 돌리며 무적적룡궁 밖으로 빠져나왔다. 제자들을 보니 마음이 제법 따듯해졌다. 무생은 이것이 정이라고 생각했다. 짧은 기간이었지만 그들과 생활하면서 제법 정이 든 것이다.

'감정이 사람을 살게 해주는 것 같군.'

산 자로서 지내는 것은 세월의 무게를 더욱 무겁게 느끼는 길이 될지 몰랐다. 그때가 되면 자신의 마음이 어떻게 변할지 몰랐지만 지금은 느끼는 감정을 받아들이기로 마음먹었다. 그렇게 해야 무생록을 완성하는 길에 들어설 수 있을 거란 확신이 든 것이다.

'어쩌면 마교에서 단서를 얻을 수 있을지도 모르겠군.'

물론 그저 예감일 뿐이지만 말이다.

단수진이 적룡대를 정식으로 출범하였다. 과거 적룡대를 만들 당시에는 그저 이름만 올렸을 뿐이니 지금은 상황이 매우 달랐다. 단수진이 보더라도 적룡대원들의 기량은 아주 출중했다. 손발은 한 사람인 것처럼 잘 맞고 형제처럼 서로가 서로를 아꼈다. 그것은 자신보다 강한 자들과 싸울 때 어마어마한 힘을 발휘할 것이다.

'마교가 부족한 것이 저것인지도 모르겠군.'

단수진은 그렇게 생각했다. 강자지존이라는 논리를 내세우고 있지만 따지고 보면 단지 강자에 복종할 뿐인 곳이 바로 마교였다. 서로가 서로를 밟으며 올라서는 것은 발전에 도움을 주지만 그것이 과도하다면 오히려 역효과가 날 수 있었다. 지금의 마교처럼 말이다.

처음의 약자가 나중의 강자가 될 수 있고 처음의 강자가 나중의 약자가 될 수도 있다. 단수진은 적룡대를 보며 그것을 배웠다. 그저 연민의 감정으로 그들을 한곳에 몰아놓은 것에 지나지 않았지만 자신의 그런 동정이 이들의 정신을 강하게 만든 것인지도 몰랐다.

단수진은 단상의 옆에 서 있는 무생을 힐끔 바라보았다. 적룡대의 정식 출범에는 각 대의 대주들이 참석했고 마교의 원로들 역시 자리했다.

왜인지 무림에서 바쁘게 돌아온 소교주 단마현도 있었고

그 옆에 면사를 쓴 처음 보는 여인이 있었다. 보좌관으로 입명된 여인이었는데 단수진으로서도 알 수 없었다. 노골적으로 무생을 바라보고 있는 것이 마음에 들지 않은 단수진이었다.

단마현의 눈빛은 매우 떨리고 있었는데 그것은 순전히 무생 때문이었다. 그저 고고히 단수진 옆에 서 있는 무생의 모습은 구파일방과 싸워 이기고 혈교를 박살 냈던 그 모습이었다.

다른 원로들은 단수진과 무척이나 어울리는 무생의 모습을 보며 흡족하게 고개를 끄덕일 뿐이었다. 마교 이십 대 강자 안에 드는 원로들은 경지가 화경을 넘어서고 현경에 가까이 다다르며 마교의 색이 많이 옅어졌는데, 경지가 높아질수록 인간이 가지고 있는 본연의 마음이 살아났기 때문이다. 때문에 서열이 높을수록 서로 잘 다투지 않아 서열이 고정되는 현상이 발생하고 있기는 했다.

단수진은 처음에 그 현상 때문에 마교가 정체되어 있다고 생각했지만 지금은 오히려 그로 인해 마교가 존재할 수 있다고 생각을 고쳤다.

단수진은 적룡대를 바라보는 원로들의 모습에 살짝 긴장했다. 원로들이 적룡대를 탐탁치 않아 하는 것을 잘 알고 있었기 때문이다.

단상 밑에 조용히 서 있는 적룡대에게 시선이 간 원로들은 눈에 이채를 띠었다. 적룡대가 공식적으로 출범한다고 알려져 마화가 드디어 마음을 고쳐먹고 그들을 사지로 내모나 싶었는데 비밀리에 그럴 듯한 고수로 키워낸 것이다.

'과연, 마교의 안주인답군. 교주께서 보시면 자랑스러워하실 것이야.'

마교의 원로인 검마가 고개를 끄덕이며 단수진을 바라보았다. 출범 의식은 복잡하지 않고 간단했다. 마교의 간부급 고수들의 참여한 가운데에 승인만 받으면 되는 것이었다. 그 결과는 만장일치 통과였다. 이로써 적룡대는 마교의 공식적인 마화 직속 부대로서 존재할 수 있게 된 것이다. 적룡대원들은 뜨거운 눈물을 삼켰지만 무생은 그저 담담히 마교의 고수들을 바라볼 뿐이었다.

'그럭저럭이군.'

조금은 실망한 감이 있었다. 구파일방보다 뛰어난 점을 찾지 못했기 때문이다. 의식이 끝나고 조금 힘이 빠졌는지 단수진이 긴 숨을 내쉬고 있을 때 소교주인 단마현이 다가왔다.

"누님, 그동안 무고하셨습니까?"

"별일 없었다."

단마현은 천천히 고개를 들어 자신을 쳐다보기 시작한

무생의 모습에 침을 꿀꺽 삼켰다.

"오랜만이군."

"그, 그렇군요."

무생이 태연하게 인사를 건네자 단마현은 잠시 말을 잊었다가 얼떨결에 대답했다. 주변에 눈이 없었기에 망정이지 다른 마교인들이 소교주의 이런 모습을 보았다면 기겁했을 것이다. 마교 내에서 소교주의 평판은 상당히 좋았다.

[그의 정체를 아는가?]

[네, 염마지존의 신위를 이 눈으로 직접 보았습니다. 마교가 덤벼도 승산이 없다고 보시면 됩니다.]

[그, 그 정도인가?]

단수진은 단마현의 전음에 무생을 힐끔 바라보았다. 가만히 있으면 그저 아주 잘생긴 청년에 지나지 않았다. 자신의 뒤에 서 있는 자가 마교를 능히 상대하고도 남을 정도의 실력이라니 도저히 믿기지가 않았다.

[구파일방의 주요 전력, 그리고 그것을 능가하는 혈교를 단신으로 쳐부순 자입니다. 천하삼절 역시 염마지존에게 삼초지적도 되지 않았습니다.]

단마현은 헛소리를 할 자가 아니었다. 그의 친누이인 단수진은 그것을 잘 알고 있었다. 단마현은 무생의 눈치를 살폈다. 적룡대를 저런 고수로 키워낸 것도 무생임을 단번에 짐작할 수 있었다.

"오랜만이에요."

"그렇군."

단마현의 옆에 있던 면사를 쓴 여인이 공손하게 인사했다. 무생은 그녀가 누군지 단번에 알아보았다. 당연희였다. 무생은 조금 곤란한 표정을 지었는데 그 표정의 변화를 단수진이 읽었다.

"제 실력으로 적룡대를 박살 내겠어요. 그렇게 한다면 저를 인정해 주실 수 있겠지요?"

"무례하군!"

단수진이 검을 뽑으려 하자 당연희가 날카롭게 단수진을 노려보았다. 단마현은 식은땀을 흘리며 중간에 껴들었다.

"자자, 진정하시지요. 이 소저는 제가 직접 중원에서 데려온 책사입니다."

"여전히 거짓말이 서툴군. 정파 냄새를 풀풀 내는 저 여우 같은 계집을 소교주인 네가 직접 임명했다고?"

"뭐, 여러 사정이 있어서 말이죠. 마룡대의 책사 임명 권한은 저에게 있으니 누님께서 상관하실 문제가 아닙니다. 참고로 외교를 위한 초빙 책사이기 때문에 마교의 서열과는 무관합니다."

단마현이 딱 잘라 말하자 단수진은 할 말을 잃었다. 피를 나눈 가족이기는 하나 어쨌든 소교주가 서열이 더 높았고 마룡대의 권한은 소교주에게 온전히 있었다.

"적룡대를 박살 내겠다고 하였느냐? 내 부하인 적룡대주에게 인정받고 싶어서?"

"그렇습니다만?"

"좋다. 덤벼 보거라. 내 친히 마룡대가 박살 나는 꼴을 봐야겠다."

"저분께서 나서지 않는 이상 그럴 일은 없을 것입니다."

단수진과 당연희의 사이에서는 살기까지 나돌았다. 무생은 그 모습을 자신과는 아무런 상관없다는 듯 바라볼 뿐이었다.

"좋다. 이 시간 이후부터 내 부하인 적룡대주는 나서지 않을 것이다."

"저분의 정체를 알면서도 그리 말하다니 간이 부었군요."

"크윽!"

단수진은 검을 뽑으려다가 검 손잡이를 만지는 순간 승리자의 미소를 그렸다. 당연희는 그 뜻을 알아챘지만 유치하다는 듯 고개를 설레 저을 뿐이었다.

"둘이 제법 친해질 수 있겠군. 또래 친구가 있다는 것은 좋은 일이지."

무생이 그렇게 말하자 단수진과 당연희는 물론이고 단마현까지 멍한 표정을 지었다.

"마룡대가 적룡대를 이긴다면 제 부탁 하나 정도는 들어주실 수 있지요?"

"마음대로 해보거라."

단수진이 무생을 노려보았다.

"나 역시 적룡대의 책사로서 참여하겠다."

단수진의 선언에 단마현은 기묘한 미소를 지었다. 자신의 누이가 분명 염마지존에게 호감을 보일 것이라 예상을 했는데 그 차가운 모습과는 괴리감이 있어 조금은 신기했다.

단마현은 적룡대를 보기 전까지 마룡대가 이번에도 우승을 차지할 것이라 생각했지만 지금은 판단하기 힘들었다. 어느 부대가 우승하든지 마교에 이익이 되었으면 하는 바람이었다. 특히 염마지존이 마교에서 아무런 사건, 사고 없이 나가주었으면 하는 소망이 제일 컸다.

'그건 아무래도 힘들겠지만……'

독제가 마교에 온 이상 교주와 독대를 할 것이고 자연스레 염마지존에 대한 이야기가 나오게 마련이었다. 염마지존과 교주와의 만남은 예정된 사실이었다.

'아버지께서 어떤 반응을 보이실지 궁금하군.'

무공에 미쳤기 때문에 그 반응이 더욱 궁금하기만 한 단마현이었다.

"그럼 나는 숙소로 돌아가도록 하지. 역시 다시 작업을 해놓는 편이 나을 것 같으니."

지내다 보니 이것저것이 마음에 걸리는 무생이었다. 적룡대는 이제 자신의 품을 떠났고 단수진 스스로가 이끈다고 한 이상 그가 관여할 것은 아무 것도 없었다. 그저 비무 때까지 마교 안을 돌아다니거나 여러 가지 소일거리를 할 생각이었다.

"약조, 잊지 마세요!"

당연희는 무생에게 그렇게 말하고는 깊게 고개를 숙이고 사라졌다. 단마현은 무생을 바라보다가 희미하게 웃고는 신법을 전개했다.

"준비할 것이 상당히 많겠군."

단수진은 오랜만에 승부욕에 불타오르고 있었다. 당연희의 코를 납작하게 꺾어버려 무생 앞에서 일그러진 표정을 짓게 하고 싶었다.

"수고해라."

불타오르는 단수진을 바라보며 무생은 짧게 말해주고는 적룡대를 향해 사라졌다.

*　　*　　*

　마교의 교주는 무공에 미쳤다는 소문은 백도무림에 전해질 정도였다. 독제는 마교의 교주와 안면이 있었는데 그리 좋은 만남은 아니라 할 수 있었다. 독제가 신법을 전개해 교주가 연공하는 곳까지 당도했지만 그 누구도 독제의 모습을 알아차릴 수 없었다.

　독제의 무공은 더욱 완숙해져 이제는 현경의 끝을 향해 나아가고 있었다. 무생의 덕도 있기는 했지만 그의 노력 역시 대단했다. 독제에게는 오직 당연희와 무공만이 남아 있을 뿐이었다.

　'여전히 음침한 곳에서 연공하는군.'

　마교라는 단체의 우두머리면서 음침하기 그지없는 동굴에서 연공을 하고 있었다. 천마가 심득을 얻었다는 장소였는데 상징적인 것 외에는 아무것도 없는 동굴이었다. 독제는 혀를 차며 고개를 설레 젓다가 동굴 안으로 들어갔다.

　안으로 들어가자 피부를 찌르는 마기를 느낄 수 있었다.

　'아직도 미련을 못 버렸나 보군.'

　독제는 그가 왜 그렇게 무공에 매진하는지 알고 있었다. 천마신공이 없는 마교의 교주는 더 이상 주인이라 할 수 없었다. 천마신공을 복원하기 위해 애를 쓰고 있기는 하지만 그것이 가능할 리가 없었다.

독제가 모습을 드러내자 눈을 감고 좌선하고 있던 마교의 교주가 눈을 떴다. 안광이 뿜어져 나오며 마기가 순식간에 흡수되듯 사라졌다.

"교주께서는 여전히 건재하시구려."

"그대가 마교에 올 줄은 상상도 못했소."

"오는 사람 안 막고 가는 사람만 막는 마교가 아니오? 허허허."

"여전히 말은 잘하오."

서로 웃고 있는 표정이었지만 눈빛만큼은 날카롭게 상대를 노려보고 있었다. 그것은 무인이 가지고 있는 호승심이었다. 둘이서 생사를 가르는 싸움을 한다면 어떤 결과가 나올지 알았기에 그저 서로를 살피는 것만으로 서로의 경지를 가늠해 볼 뿐이었다.

"독제, 무엇을 먹은 것이오? 나보다 한 수 윗줄에 선 것 같소만."

"기연을 만났을 뿐이오. 염마지존이라는 기연."

"염마지존이라……."

교주 역시 귀가 닳도록 들은 이름이었다. 듣기로는 구파일방을 홀로 상대하고 마교의 원수였던 혈교를 박살 낸 인물이라 했다. 혈교는 천마신공만이 상대할 수 있기에 혈마존이 나타난다면 마교가 상대할 수 있을지 의문이었다. 때를 기다리고 있었는데 염마지존이 홀로 없애 버리니 교주로서도 한동안 주화입마에 빠질 뻔했던 적이 있었다.

"그자는 어떻소? 정말 소문대로 하늘의 무공을 지닌 자이오?"

"능히 하늘을 부술 수 있는 자이오."

"으음!"

독제가 허언을 할 리 없었다. 교주는 신음을 내뱉으며 고개를 끄덕였다. 마교의 입지는 날이 갈수록 좁아지고 있었다.

과거 구파일방마저 압도했던 영광은 이제 찾아볼 수 없었다. 오히려 구파일방의 압박을 받으며 몸을 움츠리고 있을 따름이었다. 자칫 정마대전이 일어날 수도 있었는데 무생신교가 중간에 있어 구파일방에서는 나서지 못했다.

"한번 겨루어 보고 싶군."

"못 들은 것이오?"

교주는 무슨 소리냐는 듯 독제를 바라보았다.

"염마지존은 지금 마교에 있소."

"뭣! 그게 무슨 소리이오!"

단마현이 보고를 올렸으나 교주가 연공에 빠져 있는 바람에 외부의 모든 소식이 단절되었던 탓에 교주는 그 말을 처음 듣는 것이었다. 극비였기 때문에 마교의 인물들 중에서는 마화, 소교주, 그리고 흑수밖에 몰랐다.

"그는 어디에 머물고 있소?"

"음… 듣자 하니 적룡대주로서 있다고 들었네만…….."

"적룡대라면 구제불능들이 있는 곳이 아닌가."

교주는 더 이상 못 참겠다는 듯 자리에서 일어났다. 독제는 그런 교주를 보며 알 수 없는 미소를 지었다. 그가 겪을 일이 머릿속에 재생되었기 때문이다.

"조심하시오. 그를 상식으로 재려고 하지 마시오."

독제가 그런 말을 흘리기가 무섭게 교주의 신형이 사라졌다. 잔상조차 남기지 않는 대단한 수준의 신법이었다. 독제는 그런 신법을 보고서도 별다른 감흥이 없다는 표정이었다.

"재미있게 되었군. 힘내거라. 연희야."

독제는 웃음을 흘리며 천천히 동굴 밖으로 나왔다. 마교 안을 느긋하게 걸을 수 있는 자는 세상이 그리 많지 않을 것이다. 독제는 기왕 온 김에 마교를 구경하기로 했다. 시끄러워지기 전에 말이다.

"천 년 마교조차 한 사람에게 휘둘리니 참으로 대단하구나."

마교뿐만이 아니었다. 무림은 이미 염마지존 한 사람에

의해 돌아간다고 봐도 무방했다. 무림인들이 말하기를, 염마지존이야말로 과거에도 없고 미래에도 없을 천하제일인이라 하였다.

# 第六章

천마신공

무생록

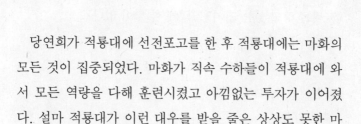

　당연희가 적룡대에 선전포고를 한 후 적룡대에는 마화의
모든 것이 집중되었다. 마화가 직속 수하들이 적룡대에 와
서 모든 역량을 다해 훈련시켰고 아낌없는 투자가 이어졌
다. 설마 적룡대가 이런 대우를 받을 줄은 상상도 못한 마
교인들이었다.

　처음에는 소문으로만 여겼던 적룡대의 실력이 드러나자
마화 직속 수하들은 감탄할 수밖에 없었다. 삼류 축에도 못
들었던 아이들이 이제는 어엿한 일류 고수가 되었으니 말
이다.

적룡대에 대한 감탄도 감탄이지만 완벽에 가까운 무적적
룡궁은 그들로서도 굉장히 탐이 많이 나는 최고의 연공 장
소였다. 때문에 마화에게 따로 임무를 부여받지 않은 수하
들도 이곳에 와 수련을 하기 시작했다.

"듣기론 적룡대가 이긴다면 공식적으로 마화 님과 적룡
대주가 혼약을 올린다고 하더군."

"내가 듣기로는 그 마룡대의 초빙 책사가 본래 약혼녀라
고 하던데?"

"허허, 마화 님도 적룡대주를 대단히 좋아하시나 보군."

쑥덕거리는 것을 들은 단수진이 날카로운 눈으로 수하들
을 바라보았다.

"뭣들 하고 있는 거지? 그렇게 할 일이 없나?"

"죄, 죄송합니다!"

수하들이 자세를 잡으며 그렇게 소리쳤다.

"방해된다. 사라져!"

"존명!"

날이 선 명령에 바짝 긴장한 수하들은 황급하게 신법을
전개해 사라졌다.

단수진은 적룡대에 아예 기거하다시피 살고 있었다. 무
생이 숙소를 개조하고 있는 덕분에 오히려 그녀의 방보다
훨씬 좋았고 쾌적했다. 게다가 무생이 옆에 있으니 무언가

안심이 되는 느낌이 좋았다.

'그 여우 같은 계집이……!'

그녀는 당연희를 떠올릴 때마다 살기가 치솟았는데 그때 비로소 자신이 무생에게 호감을 가지고 있다는 것을 알 수 있었다. 이미 처음에 한 약조는 파기된 지 오래였다. 지금은 적룡대를 우승시켜 당연희의 침울한 얼굴을 보고 싶은 마음뿐이었다. 그리고 무생과 자신의 합작이 훌륭하게 우승하는 것을 보고 싶었다.

단수진은 구슬땀을 흘리며 진을 갖추는 적룡대를 흡족한 눈으로 바라보았다.

"주군."

"무슨 일이지?"

흑수가 단수진의 뒤에 부복했다. 단수진이 뒤를 돌아보지 않고 묻자 흑수는 한 차례 깊게 고개를 더 숙이며 입을 떼었다.

"교주님께서 연공동을 나오셨다고 합니다. 근데 아무래도 방향이……."

"설마… 이곳인가?"

"아무래도 그런 것 같습니다. 교주께서 염마지존의 정체를 아신 것이 분명합니다."

단수진은 고개를 끄덕였다. 어차피 예정된 일이었다. 그

둘의 만남이 어떤 식으로 흘러갈지 걱정스러웠지만 단수진은 그의 부친을 믿었다. 그리고 그동안 보아온 무생 역시 사악한 자가 아니라는 것을 잘 알고 있었다.

'어쩌면 아버지께서 정식적으로 무생과 나를……'

야릇한 상상해 빠지고 있다가 흑수의 시선을 느낀 단수진은 헛기침을 하며 표정을 지웠다.

"교주께서 이곳에 드실지 모르니 각별히 주의를 주도록."

"존명!"

흑수가 사라지자 단수진은 짧은 한숨을 내쉬고 다시 적룡대에게 모든 집중을 쏟아붓기 시작했다.


*       *       *


무생은 그럭저럭 잘 만들어진 숙소를 바라보며 만족한 듯 고개를 끄덕였다. 하나하나씩 계속 뜯어고치다 보니 숙소는 굉장히 웅장한 모습으로 재탄생했다. 그것을 지켜보던 마교인들은 넋이 나가 아예 무생을 따르며 도와주는 이들도 생겼다. 무생의 말을 듣고 일을 할 때마다 하나하나씩 깨달음을 얻어가니 마화의 수하들은 대부분 그의 추종자가 되어가고 있었다.

무생은 오늘은 쉴 요량으로 낚싯대를 만들어 숲 안으로 들어갔다. 근 백 년 동안 제대로 된 낚시는 해본 적이 없으니 생각난 김에 해볼 생각으로 만든 것이었다.

숲의 조그마한 연못가에 앉아 낚시를 하기 시작했다. 미끼가 있는 것이 아니었다. 검노가 가끔 했던 것처럼 그냥 낚싯대를 잡고 그렇게 있었다. 미끼가 전혀 없음에도 불구하고 물고기가 모여들기 시작했다. 딱히 잡으려는 생각은 없었다.

"고기는 잡히오?"

"그럭저럭 잡힐 것도 같소만."

뒤에 다가온 기척이 그렇게 말하자 무생은 그가 올 것을 이미 알고 있었다는 듯 자연스럽게 대답했다. 단정한 무복을 입고 있는 남자였다. 중년의 남자는 그가 쌓아올린 세월보다 훨씬 젊어 보였다. 무생은 남자를 본 순간 독제와 비등할 정도의 무인임을 단번에 느꼈다. 모용준보다 더 나아 보이는 모습이었다.

이런 경지의 무인은 마교 내에서 단 한 사람밖에 없을 것이다. 무생은 그의 정체가 짐작되었다.

"마교의 교주요?"

"그렇소."

교주는 무생을 본 순간 자신이 지금껏 그를 훨씬 얕보고 있었음을 깨달았다. 눈앞에 있는 남자는 자신이 결코 상대할 수 없는 자였다. 그리고 마교조차 감당할 수 없는 존재였다.

무생의 어깨에 쌓여진 세월이 교주의 눈에는 보였다. 하나 교주는 당당했다. 천마신공을 익힐 수는 없었지만 자신이 곧 마교라는 것을 늘 가슴속 신념으로 삼고 있었다.

"어쩐 연유로 마교에 오신 것이오? 기별도 없이."

"부탁받았소. 그리고 흥미도 있었지."

"부탁? 누가 마교를 부탁한단 말이오."

무생은 천천히 교주에게서 시선을 떼어 낚싯대를 바라보았다.

"내 친우요."

"알 수 없는 말을 하는구려. 하나, 마교는 누구에게 부탁받을 만큼 물러터진 곳이 아니오."

"내가 보기에는 그저 그렇던데."

무생이 그렇게 말하자 교주의 얼굴에 노기가 스쳐갔다. 마교를 무시하고도 살아남은 자는 존재하지 않았다. 하지만 눈앞에 자는 예외일 것이다.

교주는 노기를 가라앉히며 다시 무생을 맑은 눈으로 바라보았다. 청명한 마음으로 보니 무생에게는 그 어떤 사심도 없는 듯했다. 그저 본 대로, 느낀 대로 말하고 있을 뿐이었다.

"무엇에 흥미가 있소?"

"천마동. 적룡대가 우승하면 그곳에 들어갈 수 있다고 들었소만."

"그 정도 일로 들어갈 천마동이 아니오. 그곳은 마교의 모든 비급과 보물이 있는 장소이오. 초입은 단계적으로 개방을 하나 그 이상 깊이 들어갈 수는 없소."

무생은 교주의 말에 천천히 고개를 끄덕였다. 아쉽게 되었긴 하지만 무생은 어차피 들어갈 생각이었다. 무생의 그런 의도를 읽었는지 교주는 무생을 노려보며 입을 떼었다.

"이 이상 마교를 농락할 생각이면 날 넘어야 할 것이오."

"넘어가면 돼오?"

무생의 말에 교주의 눈이 커졌다. 무생은 천천히 몸을 일으키며 낚싯대를 빼 연못가에 기대어 놓았다.

"그렇소. 내가 곧 마교니 말이오."

"좋군."

무생은 교주의 패기 넘치는 말에 살짝 웃었다. 교주는 모습에 광노의 모습이 조금은 투영되었다.

대머리는 아니었고 교주가 더 잘생기기는 했지만 분위기 자체가 비슷했다. 교주가 천천히 자세를 잡았다. 전신 내력을 일으키자 마기가 소용돌이치며 교주의 주변에 강기가 되어 떠올랐다. 탈마의 경지에 들었음을 짐작하게 하는 모습이었다.

"마교의 무공이오?"

"그렇소."

"그런 것 치고는 어설프군."

무언가 흉내 내는 듯이 억지로 진기가 이어지고 있었다. 물론 그럼에도 천하삼절에 비등한, 어쩌면 그것을 넘어서는 위력을 발휘하는 마공이었는데 교주가 천마신공의 단서를 찾아가며 만든 마원신공(魔元神功)이었다.

천마신공과 비슷한 모습을 띠기는 했으나 아류작이라 취급해도 좋을 만큼 어설펐다. 하나 무림에서는 충분히 위력을 발휘할 수 있을 것이다.

마교의 일을 다 떠나서 교주는 자신의 무공이 천하제일인이 확실한 염마지존에게 얼마나 통용되는지 알고 싶었다. 무생의 강함을 받아들이고 자신의 한계를 시험해 보고 있는 것이다.

"가겠소."

무생이 교주에게서 시선을 뗌과 동시에 교주의 신형이 사라졌다.

쾅! 콰가가!

주변에서 잔상이 일어나며 검은 아지랑이가 피어올랐다.

주력 신법인 마원보는 그의 패기를 알려주는 무공이었다. 그것은 힘과 속도를 모두 포함했지만 무생의 눈을 피할 수는 없었다.

무생의 옆을 점하고 나타난 교주가 주먹에 권강을 두르며 무생의 사혈을 노려왔다. 날카롭게 찔러오는 권강은 검은빛으로 일렁였고 그 어떤 호신강기도 파괴할 만한 위력을 지녔다.

무생은 권강이 닿을 때쯤 자연스럽게 몸을 틀어 그것을 흘려보냈다. 교주의 눈에 이채가 서리는 순간 무생과 교주의 신형이 얽히기 시작했다. 교주는 마원신공을 극성으로 일으켜 권강을 무생에게 퍼부었다. 마교의 고절한 무공인 탈마권법은 마원보와 어울리며 완숙한 현경의 경지를 보여주었다.

콰! 콰가가!

나무가 날아오르고 땅이 갈라졌다. 교주와 무생이 스쳐 지나갈 때마다 바위가 가루가 되어 날렸다.

'나쁘지 않군.'

필사적인 마음이 느껴졌다. 무생의 강함은 애초부터 교주가 넘어설 수 없는 것이니 무생이 생각하는 승부의 기준은 바로 의지의 깊이였다.

무생이 무적수라보를 전개하기 시작하자 교주가 무생의

속도를 따라오지 못하기 시작했다. 무생의 무적수라보는 마원보에 비할 바가 아니었고 천마신공조차 한 수 접어주는 천상의 무학이었다.

콰앙!

교주의 신형이 튕겨져 나가며 무생과 제법 떨어진 곳에 착지했다. 교주는 자신의 전력을 다해도 이기지 못할 상대가 있어 패배감보다는 즐거운 느낌이 들었다. 자신의 모든 무공을 온전히 받아줄 수 있는 사람이 세상에 몇이나 될까.

그것만으로도 교주의 심득은 더욱 깊어만 갔다. 교주는 천천히 무생을 바라보다가 손을 거두었다.

"과연 염마지존이시오. 소문보다 훨씬 대단하오."

"마교의 무공 역시 쓸 만하군. 하지만……."

무생은 하늘을 힐끔 바라보다가 다시 교주에게로 시선을 옮겼다.

"부탁한 것이 무엇인지 알 것 같군."

광노가 무엇을 부탁했는지 알 것 같았다. 광노가 우화등선하기 전에 천마신공을 보여준 이유도 이해가 되었다. 무생의 품 안에서 더욱 완벽해진 천마신공이 다시 마교로 돌아가길 바라고 있는 것이다. 그렇게 된다면 정파 쪽으로 급격히 기운 추가 다시 균형을 찾을 수 있을지도 모른다.

"염마지존의 무위는 하늘에 닿았음을 잘 알았소. 하지만 이 이상 마교를 모욕할 경우에는 동귀어진을 망설이지 않을 것이오."

교주에게는 무생이 말하는 그 부탁이란 것이 모욕으로 들릴 뿐이었다. 마교를 감히 누가 부탁한단 말인가. 그것은 천 년 마교의 역사상 있을 수 없는 일이었다.

"나는 부탁을 따를 뿐."

"……진정 마교를 적으로 돌리겠단 말이오?"

교주가 살기를 일으키자 무생은 아무 말도 하지 않고 가만히 서 있다가 천천히 자세를 잡았다. 신법 외에는 단 한 번도 자세를 잡지 않은 무생이 자세를 잡자 교주는 긴장한 눈으로 무생을 노려보았다.

무생은 그 시선을 느끼며 서서히 거대한 선천지기를 개방했다.


무생록(無生錄) 일식(一式).


선천지기가 개방되며 황금빛 기운이 무생에게서 뿜어져 나왔다. 극도로 순수한 기운이었다. 주변의 모든 것을 정화하며 그렇게 고고히 타오르고 있었다.


천마신공.

무생이 천마신공을 운용하기 시작하자 무생의 선천지기는 그에 맞춰 천천히 검은 빛으로 변하기 시작했다.

"마… 기? 아니, 이것은……?"

가장 순수한 마기는 오히려 무척이나 깨끗했다. 교주의 얼굴이 경악으로 물든 것은 바로 그때였다. 무생이 발을 움직이자 그가 상상도 못했던 것이 펼쳐진 것이다.

천마군림보!

주변의 모든 것을 내리누르며 군림하는 천마가 교주의 앞으로 다가왔다. 교주는 냉혹한 살아 현신한 천마의 모습에 아무것도 할 수 없었다.

무생의 주먹이 교주의 옆을 스쳐 지나갔다. 그와 동시에 광폭하게 뻗어나간 무지막지한 검은 권강이 숲을 훑고 지나가 산맥에 닿았다.

콰가가가가!

굉음이 울리며 바닥이 크게 흔들렸다. 무생의 주먹이 교주의 얼굴 옆에서 천천히 내려지자 교주는 고개를 돌려 검은 권강이 만들어낸 파괴를 바라보았다. 나무가 갈려 나가고 절벽에 거대한 균열이 생겼다.

그것은 명실상부한 마교 제일의 무공 천마신공이었다.

"천마신공… 그리고 방금 그것은……."

"천마신권, 마지막 초식 광마신선이오."

"허억."

교주는 다리에 힘이 빠졌는지 그 자리에 주저앉았다. 무생은 천천히 뒤로 물러나며 교주가 정신을 되찾을 때까지 기다렸다. 교주는 조용히 좌선을 하다가 피를 한 웅큼 토했다. 무생이 교주에게 다가가 선천지기를 불어넣자 내기가 다시 안정되었다. 교주는 깨달음을 얻은 듯 잠시 그렇게 있다가 눈을 떴다. 그러더니 옷을 정돈하고는 무생 앞에 부복했다.

"천마의 전인을 뵙습니다. 천마지존이시여. 마교를 다시 한 번 영광으로 이끄소서."

마교의 오랜 규율상 천마신공을 익힌 자가 마교의 지배자가 되어야 했다. 교주는 필사적으로 매달린 천마신공의 눈앞에서 펼쳐지자 교주 자리는 아무렇지도 않게 내려놓을 만큼 감동하고 있었다. 부동심이 깨져 눈시울이 붉어질 정도였다.

"나는 전인 따위가 아니오."

"소신이 천마지존의 가장 완벽한 모습을 이 두 눈으로 보았습니다. 지존께서 전인이 아니시라면 어떻게 천마신공을 펼칠 수 있겠습니까?"

무생은 고개를 저었다. 무생은 그저 광노에게 전해 받은 것일 뿐이었다. 그리고 전해줄 뿐이다.

"단마천, 그가 내 친우요."

"허억! 그게 사실이옵니까?"

무생이 고개를 끄덕이자 교주는 놀라며 넋을 잃었다. 단마천은 그의 조상이었다. 마교를 영광으로 이끈 마지막 천마지존이었다.

"지금 그분께서는 어디에……?"

"우화등선했지. 선계에 있소."

"하, 하하하……!"

교주는 시원하다는 듯 크게 웃었다. 자신의 마음속에 쌓여 있던 답답함이 모두 사라지는 느낌이었다.

"교주."

"무준이라 불러주십시오."

무생은 고개를 저었다.

"난 단마천의 친우일 뿐이오. 내 친우의 부탁은 천마신공을 마교에 전해주라는 것이겠지."

"서, 설마… 천마신공을 전수해 주시겠다는 말씀이옵니까?"

"그래야 하겠지."

무생은 고개를 끄덕였다. 광노가 부탁한 일이니 온전하게 들어주어야 했다. 무생은 득도촌 노인들의 부탁은 거절하고 싶지 않았다.

"그가 마지막에 비로소 완성한 천마신공이오. 부족함이 분명 없을 터."

단무준은 그 자리에서 무생에게 구배를 올리려 했다. 무생이 고개를 저었지만 한사코 구배를 했다. 단 한 번도 스승을 모신 적이 없었던 단무준은 완숙한 현경에 이르러서야 스승을 모시게 된 것이다.

"천마신공을 전해주면 그걸로 스승의 연은 없는 것으로 하겠소."

"스승님께서 그것이 편하시다면 제자는 뜻대로 하겠습니다."

"그렇다면 지금 당장 시작하도록 하지."

"예."

무언가 서열 관계가 무척이나 꼬인 것 같았지만 단무준에게 그런 것 따위는 어찌 되든 상관없었다.

무생은 부정을 하고 있지만 천마신공을 익힌 이상 현대의 천마지존은 무생이었고 전수가 끝나면 자신이 그 자리를 이어받는 것이었다.

그 후에도 무생은 마교에 절대적인 영향력을 끼칠 수 있는 존재로 남게 될 것이다.

"천마신공은 단마천의 무공이다. 내가 받아들이면서 수

정한 부분도 존재하지만 그 근본은 변하지 않았다. 받아들이기만 하면 될 것이다."

"예, 스승님."

무생은 천천히 구결을 읊어주기 시작했다. 천마신공은 비급을 남기지 않는 것이 전통이었다. 무생은 광노가 남긴 천마신공을 진지하게 단무준에게 전수해 주기 시작했다.

*　　*　　*

비무대회가 며칠 앞으로 다가왔다. 그런 시점에서 단수진은 적룡대를 관리하는 것에 바빴고 당연희는 마룡대에서 전의를 불태우고 있었다. 무생은 단무준에게 천마신공을 전수하는 일에 몰두했는데 생각보다 시간이 잘 갔기에 나름 괜찮은 기분이었다.

가끔 찾아온 단마현이 경악을 하며 돌아가기는 했지만 무생은 별다른 신경을 쓰지 않았다. 단무준의 경지가 현경인 만큼 그의 이해도는 굉장했다.

무생처럼 천마신공을 완벽히 펼치기에는 무리가 있었지만 짧은 기간 동안 받아들일 수 있는 것은 모두 받아들였다. 그의 마원신공은 천마신공을 이해하는 데 좋은 밑거름이 되어주기도 했다.

단무준이 좌선을 한 채 천마신공을 운용하고 있었다. 천마신공에 대한 제대로 된 깨달음을 얻자 그의 몸이 떠오르며 정순하게 변한 마기가 갈무리되었다. 전보다 더욱 젊어진 것 같은 모습이었다.

무생은 단무준의 분위기가 광노와 많이 흡사해지자 만족하며 고개를 끄덕였다. 이로써 광노에 대한 미안함을 조금은 덜 수 있을 것 같았다.

"괜찮군. 이제 스스로 익히면 될 터. 스승의 연은 없는 것으로 하겠소."

"하나 제 마음속에는 영원한 스승님이실 것입니다."

단무준은 순수하게 무생을 스승으로 모시기로 결심했다. 천마신공을 전수해 주었기 때문이 아니라 무생의 그 끝을 알 수 없는 경지와 능력에 감복한 것이다.

무생은 귀찮다는 듯 고개를 저었지만 그는 마교의 교주였다. 교주는 고집이 센 것으로 유명했다. 하지만 무생은 그것이 싫었다. 그러다가 두 의형제가 생각나자 입을 떼었다.

"스승 대신 내 아우가 되는 것이 어떻소? 의를 나눈 형제라면 무공을 전수해도 사제의 구분이 없을 터."

단무준은 무생을 바라보며 고개를 숙였다.

"아우가 인사 올립니다."

"인사는 됐네."

단무준과의 관계가 완전히 정해졌다. 마교의 교주, 이제는 완전한 천마지존이 된 단무준을 아우로 받아들이는 자는 무림에서 무생이 유일할 것이다.

아우만 해도 벌써 넷이나 되었는데 하나같이 범상치 않은 자였다. 중원에서 자금이 제일 많은 만복금, 마교의 교주, 녹림의 녹왕, 그리고 철관사귀.

이름만 들어도 알 사람은 다 알 법했다.

"형님께서는 천마동에 드시길 원하십니까?"

"흥미이긴 하나 반대한다면 굳이 가지 않겠다."

"아닙니다. 천마신공보다 더 나은 것은 없을 터. 게다가 이 아우의 형님이시니 언제든 원하실 때 들어가시면 됩니다."

무생은 단무준의 말에 고개를 끄덕였다. 전반적으로 마교에 대한 것은 파악되었고 천마신공도 전수했으니 천마동에 들어가서 참고를 하는 것도 괜찮을 것 같았다.

무생은 단무준의 의형이었고 천미신공을 익히고 있었으니 사실상 마교를 장악한 것과 다를 바가 없었다.

"지금은 적룡대주의 신분이니 적당히 알아서 하거라."

"걱정하지 마십시오, 형님."

평생 무공에만 매진해 왔던 단무준은 지금에 되어서야

누군가를 존경한다는 것을 처음 느끼고 있었다. 눈앞에 있는 무생은 존경받아 마땅한 최고의 무인이었고 그가 목표로 하길 원하는 진정한 지존이었다.

"그런데, 형님. 오다가 소문을 들었는데 사실입니까? 마룡대와 적룡대가 형님을 두고 내기를 하고 있다는 소문 말입니다."

"경쟁을 하고 있기는 하나 내기까지는 모르겠군."

"그렇군요."

단무준은 진지하게 단수진을 떠올려 보았다. 은신법을 전개하며 적룡대의 무공 수련을 지켜봤는데 단수진은 어느 때보다도 열심히였다.

듣기론 마룡대의 어린 고수들도 죽을힘을 다해 굴려지고 있다고 했다. 그 중심에 있는 것이 소교주가 데리고 온 책사였다. 단무준은 단번에 그녀가 독제의 손녀인 당연희라는 것을 알아차렸다.

'내 딸이 독제의 손녀보다 못할 것이 없지.'

단무준은 진지하게 고개를 끄덕이며 적룡대에 대한 전폭적인 지원을 아끼지 않으리라 결심했다.

'원로들을 소집해야겠군.'

이미 이것은 당연희와 단수진의 싸움이 아닌 마교와 사천당가의 자존심 싸움이 되어가고 있었다. 정작 그 중심에 있는 무생은 별다른 생각이 없었지만.

　마교에서 인간 취급을 받지 않았던 적룡대가 가장 많은 보살핌을 받게 되는 역사의 시작이었다.

# 第七章

비무대회

무생록

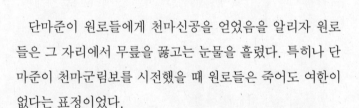

단마준이 원로들에게 천마신공을 얻었음을 알리자 원로들은 그 자리에서 무릎을 꿇고는 눈물을 흘렸다. 특히나 단마준이 천마군림보를 시전했을 때 원로들은 죽어도 여한이 없다는 표정이었다.

천마신공을 전수해 준 자가 염마지존이라는 사실을 알았을 때는 경악으로 물들었고 그 염마지존이 한낱 적룡대주의 자리에 있다는 것을 알게 되자 기절하는 자까지 생겼다.

단마준이 모른 척하라고 명령하자 원로들은 단마준의 말에 절대 복종할 수밖에 없었다. 예전에는 명령을 하면 이의를 제기하고는 했지만 완전한 천마지존으로 재탄생한 이상 교주의 말은 곧 목숨과 마찬가지였다.

교주가 천마지존이 된 후부터 회의는 지금과 같이 매일 열리고 있었다.

원로들은 교주의 앞에 부복하고 있다가 교주가 손짓하자 그제야 자리에 앉을 수 있었다. 모두 마교 서열 이십 위 내의 핵심 간부였다. 그 하나하나가 중소문파의 장문인과 비등하다고 알려질 정도였다.

"선대 천마지존께서는 현 천마지존의 스승이시니 당연히 마교 서열 일 위로 추대하는 것이 옳다고 생각하옵니다."

"검마, 네 말이 일리가 있으나 스승님께서는 마교 서열 따위에 아무런 관심이 없으시다. 마교 자체가 그분에게 있어서는 그저 흥미로운 곳일 뿐이다."

무생을 직접 경험한 단무준은 무림이 담기에는 그가 너무나 큰 자라고 생각했다. 마교 내에 서열을 정하는 일은 아무런 의미가 없는 일이었다.

"선대 천마지존께서는 현 무생신교의 주인이시니 그쪽과 연락을 통해서 특별한 지위로 추대함이 옳을 듯싶사옵니다. 그분께 지위란 허울에 불과한 것이지만 아랫사람들이 추앙하여 따르기 위해서는 필요하니 말입니다."

교주를 옆에서 가장 오래 보필한 원로인 금뇌신마가 그

렇게 말하자 원로들은 고개를 끄덕이며 찬성하였고 단마준
역시 일리가 있다는 표정을 지었다.

"그 안건은 이후 자네에게 맡겨도 되겠는가?"

"존명! 목숨을 다해 임무를 완성하겠사옵니다."

금뇌신마가 의자에서 일어나 부복하며 그렇게 대답했다.
단무준은 짧은 숨을 내쉬고 무언가 생각이 난 듯 다시 입을
떼었다.

"그러고 보니 스승님께서는 이번 용마비무대회에 참석하
시겠군."

"그렇다면 우리 모두가 참여하는 것이 예의 아니겠사옵
니까?"

단무준의 말에 검마가 그렇게 말했다. 천마지존은 마교
의 절대적인 신이었다. 게다가 선대 천마지존이라 함은 범
접할 수 없는 영역이나 마찬가지였다.

본래 유망주 비무대회라 알려진 용마비무대회에는 핵심
간부들이 전혀 참석하지 않았지만 이번만큼은 달랐다.

"적룡대의 지원은 잘 되어가고 있는가?"

"예. 은밀히 지원하고 있사옵니다."

"잘했다. 내 딸이기는 하나 자존심이 강해 지원이 오는
것을 알았다면 분명 화를 냈을 것이다."

단무준은 날카로운 안광을 빛냈다. 회의장 안으로 들어

온 은밀한 기척을 느꼈기 때문이다. 교주가 텅 빈 공간을 바라보자 신형이 솟아났다. 원로들은 놀라며 내공을 일으키려 했지만 단무준이 손을 들어 저지했다.

"그래, 마교 구경은 잘하셨소? 독제."

"천마지존이 된 것을 감축드리오. 이로써 마교는 완전해졌군."

이제 단무준은 독제의 아래가 아니었다. 오히려 독제보다 조금은 더 위의 경지를 밟고 있다고 해도 무방했다. 물론 둘이 전력으로 맞붙은 다면 승패는 쉽게 예측하기 힘들 테지만 말이다.

"교주께서 적룡대에 지원을 하고 계시기는 하나 마룡대에 내 손녀가 있기 때문에 적룡대는 결코 이기지 못할 것 같소만."

"하, 재미있는 말을 하는구려. 내 딸이 직접 이끄는 적룡대를 당해낼 수 있을 거라 생각하오?"

"그야 물론이오."

단무준과 독제의 날카로운 눈빛이 서로 맞부딪혔다. 침묵이 자리 잡고 냉락한 살기가 감돌았다. 원로들은 압박감에 식은땀을 흘리며 운공을 해야만 했다.

"하하하!"

"허허허!"

단무준과 독제는 웃음을 터뜨렸다. 너무나도 시원하다는 웃음이었다. 단무준은 독제를 바라보며 입을 뗴었다.

"재미있군. 내 직접 결과를 지켜보겠소."

"본인 역시."

다시 침묵이 감도는 순간 투기가 회의장을 잠식했다. 원로들은 웃든지 싸우든지 하나만 하라고 말하고 싶었다.


*     *     *


드디어 용마비무대회가 열리는 날이 다가왔다. 무생은 적룡대주이기는 하나 이름뿐인 적룡대주가 되었고 마화가 모든 것을 관리했다. 단무준에게 천마신공을 전수한 것 외에는 딱히 하는 일 없이 그렇게 있었는데 가끔씩 두 아우의 소식이 들려왔다.

강자가 위로 향한다는 파격적인 규율 덕분에 진대정은 적당히 힘을 써 옥녀단의 호위단장을 하고 있었고 도진은 옥마신녀의 개인 호위무사가 되었다. 처음 만나자마자 달라붙은 옥마신녀를 도진은 거절할 수 없었다.

'그럭저럭 재미있게 보내고 있나 보군.'

무생은 아마 그들이 마교를 떠나는 것은 한참 후가 아닐까 하고 예측할 수 있었다. 진대정은 마교에서 진정으로 행복해하고 있었고 도진은 행복을 찾아가고 있는 중이니 말이다.

무생은 마교에 와서 제법 많은 것을 느낄 수 있었다. 우습게도 가장 차갑다는 마교에서 정이라는 것을 느낀 것이다.

교주가 기거하는 마교대전의 앞에 있는 연무장에서 비무대회가 열렸다. 각 부대가 참여한 가운데 본래라면 그리 많은 인원이 참석하지 않았을 테지만 기이하게도 마교의 원로들이 참여하고 교주 역시 자리했다. 그 결과 그 밑의 서열들 역시 참석할 수밖에 없었다.

때문에 가장 떠들썩한 비무대회가 되어가고 있었다. 무생이 적룡대 진영으로 가자 모르는 자들은 무생을 보고 비아냥거렸다. 적룡대가 비무대회에 참가하는 것은 처음 있는 일이었고 아직도 적룡대의 실력을 모르는 자들이 많았다. 단마준과 원로들의 얼굴이 새파랗게 질리는 것은 적령대를 무시해서가 아니라 무생에게 비아냥거리는 소리를 들었기 때문이다.

"하하, 얼굴로 적룡대주에 올라왔다는 것이 사실이었군!"

"적룡대주가 직위는 직위인가. 그냥 감투일 뿐이지."

"마교의 수치일세. 쯧쯧."

다른 부대의 마교인들이 무생을 보며 그렇게 말했다. 그렇게 큰 소리가 아니었음에도 입신의 경지에 이른 원로들의 귀에는 너무나 잘 들렸다. 단마준이 날카롭게 그들을 노려보며 손을 까딱이자 원로들이 무언가 지시하더니 그 마교인들은 갑자기 땅에 꺼지듯이 사라졌다.

무생이 적룡대 진영에 마련된 적룡대주 자리에 앉자 단마준은 본격적인 행사를 진행하라고 지시했다. 마룡대 진영에는 면사를 쓴 당연희가 있었고 정체를 전혀 감추지 않은 독제가 흐뭇한 웃음을 그리면서 당연희를 바라보고 있었다.

"반드시 이기겠어."

단수진이 직접 나선 것은 이례적인 일이었다.

"형님! 저희가 왔습니다!"

진대정이 무생이 있는 부근으로 와서 소리쳤다. 갑작스러운 난입에 단수진의 부하들이 막아서려 했지만 정대산이 가볍게 튕겨냈다.

"좋아 보이는군."

"그럼요! 역시 마교입니다. 아주 끝내주는 미인들이 많군요."

진대정은 예전보다 젊어 보였다. 아무래도 근심이 쌓이지 않다 보니 얼굴이 펴진 것으로 보였다. 도진은 옥마신녀

와 나란히 서서 쑥스럽다는 듯 무생을 바라보다가 고개를
숙였다.

"누구죠? 저들은."

단수진이 소란스러움에 살짝 얼굴을 찡그리며 묻자 무생
은 태연하게 대답하기 시작했다.

"내 의제들이다. 녹왕 진대정과 철관사귀라 불렸던 도
진."

"노, 녹왕과 철관사귀라구요?"

녹왕은 말할 것도 없이 유명한 자였고 철관사귀는 악명
이 아주 높은 자였다. 무생과 같이 온 두 사내도 범상치 않
음을 알고 있었지만 무생에게 집중한 탓에 잠시 잊고 있었
는데 막상 정체를 알게 되니 단수진은 벙찐 표정을 지었다.

"오우, 마화 님 아니신가! 이거 실제로 보니 그 미모가 가
히 무림오화를 압도하고도 남겠소!"

"과, 과찬이군요."

진대정은 적룡대의 단상에 가볍게 올라오며 말했다. 단
수진은 무생을 힐끔 보며 그렇게 대답했다. 하나 단수진의
미모가 아무리 대단해도 무생에게는 별다른 감흥이 없었
다. 무생에게 있어서 미모의 기준은 그저 사람을 구별하는
수단에 지나지 않았기 때문이다.

도진은 무생에게 인사를 한 후 옥마신녀와 어디론가 사

라졌다. 한가롭게 떠들썩한 분위기를 즐기고 싶은 것으로 보였다. 무생은 나름 흡족하게 그 모습을 바라보았다.

"이야, 형님께서 이루신 업적은 옥녀단에서도 소문이 자자합니다."

진대정은 마화에 대한 소문을 말하는 것이었지만 무생은 그에 대해 아는 것이 없었다. 그저 적룡대를 말하는 것 같기에 살짝 고개를 끄덕일 뿐이었다. 그 모습에 단수진이 오해를 하는 것은 어찌 보면 당연한 일이었다.

"시작되는군."

"교주의 명령으로 최고로 성대하게 열 것이라 하던데 역시 대단하군요. 괜히 정파의 오랜 숙적이 아닙니다."

그동안 쌓아온 재력을 마음껏 발휘하는 비무대회는 그야말로 화려함 그 자체였다. 단무준의 짧은 연설을 끝으로 본격적인 비무대회가 시작됐다.

비무대회는 각 부대의 대표 스무 명이 나와 단체로 겨루는 단체전이었다. 때문에 개인의 역량보다 중요한 것이 바로 지략이었다. 마룡대와 적룡대의 무력이 비등해진 지금 싸움의 결판은 머리에서 나올 것이 분명했다.

지금은 마교의 핵심 간부들이 모두 지켜보고 있으니 각 부대는 모두 전의에 불타올랐다. 운이 좋다면 원로급 고수들 중 하나가 거두어줄 수도 있으니 말이다. 게다가 좋은 모습을 보인다면 차후 좋은 직책을 얻기에 매우 유리하니 이들이 그렇게 투지를 불사르는 것도 당연했다.

무생은 그들의 치열함이 보기 좋았다. 자신에게는 없는 욕심이 있었기 때문이다.

"형님께서는 역시 적룡대가 우승하리라 생각하십니까?"

마룡대는 상대 부대를 말 그대로 쳐부수며 손쉽게 제압했다.

"적룡대."

무생은 고민할 것도 없다는 듯 그렇게 말했다.

상대를 박살 내며 올라온 것은 적룡대 역시 마찬가지였다. 애초부터 적룡대는 다른 부대를 염두에 두지 않고 있었다. 마룡대는 독제의 지옥과 같은 훈련을 몸소 받고 있었지만 적룡대는 무생의 가르침과 마화, 그리고 비밀리에 마교의 전폭적인 지원을 받고 있었다.

모든 상황이 적룡대가 우승할 것임을 알려주고 있었다. 가장 큰 역할을 한 것은 무생과 그리고 저승강림진이었다.


드디어 우승을 다투는 결승이 시작되었다. 모든 마교인의 시선은 마룡대와 적룡대에게로 쏠려 있었다. 적룡대원들은 생전 처음 느껴보는 시선에 평정을 잃을 뻔했지만 적마신공을 운용하자 마음이 차분하게 가라앉았다.

'정말로 놀라운 무공이다.'

무극은 긴장을 풀며 마룡대를 바라보았다. 마룡대의 굳어 있는 모습이 보였지만 오히려 적룡대는 긴장이 풀어지며 투지가 끓어올랐다. 그 저승강림진법에서 겪은 생지옥은 적룡대에게 끊임없는 투지를 불러 넣어주었고 감각을 곤두서게 해주었으며 죽음을 두려워하지 않은 자세를 알려주었다.

그리고 검노와 뇌노의 탁월한 가르침은 적룡대를 수많은 실전을 거친 노련한 무림인으로 재탄생시켜 주었다. 마룡대가 훨씬 경험이 많았지만 적룡대는 죽음을 몇 번이고 넘나들었기에 그 질 자체가 달랐다.

마룡대는 긴장하고 있었지만 적룡대의 성장을 노골적으로 무시했다. 그도 그럴 것이 불과 얼마 전까지만 해도 자신들의 옷이나 빨게 했던 쓰레기 같은 자들이었기 때문이다.

지금 비록 성장한 모습을 보이고 있기는 하지만 마룡대원은 자신 있었다. 그들도 생지옥을 겪었기 때문이다. 그들의 주인인 단마현이 묘하게 자신들에게 관심이 없는 듯했지만 어쨌든 주군을 위해 저 하찮은 적룡대를 박살 낼 다짐을 하는 마룡대원들이었다.

마교의 교주 단무준이 자리에서 일어나 손을 뻗으며 결

승의 시작을 알리었다. 각 부대에서 가장 강한 스무 명이 나와서 무위와 전략을 겨루는 대회였지만 적룡대는 가장 어린 대원 하나만 빠지고는 모두 참여해야만 했다. 그만큼 숫자가 적었기 때문이다.

"대사형!"

연이 무극을 부르자 무극이 손을 치켜들었다. 그러자 다섯 명씩 한 조가 되어 연, 무극, 무천, 무해를 중심으로 뭉쳤다. 넓게 둘러싸는 형태로 조이고 들어오는 마룡대와는 상반된 전략이었다.

당연희는 회심의 미소를 지었다. 적룡대는 무생이 가르쳐 실력이 말도 안 되게 상승했기는 했으나 그것은 마룡대 역시 마찬가지였다. 따지고 본다면 마룡대의 무공 수준이 적룡대보다 더 나았다. 게다가 적룡대는 실전을 많이 겪어 보지 못한 애송이었다.

다섯 개로 나누어져 유기적인 움직임을 보이는 것은 훌륭하기는 하나 포위를 당한다면 그 효과는 크게 반감될 것이다.

포위당해 압살당하느냐, 아니면 그것을 극복하며 뚫어버리느냐는 전략 역시 중요하지만 실전 경험이 큰 비중을 차지했다. 당연희는 포위가 이루어지는 순간에 주먹을 불끈 쥐었다.

'무공자, 제 부탁을 들어주셔야 할 거예요.'

무슨 부탁을 할지 상상만으로도 즐거워지는 당연희의 미소가 굳은 것은, 단수진이 더욱 진한 미소를 지을 때였다.

단수진은 적룡대가 겪은 지옥이 어떤 곳인지 너무나도 잘 알고 있었다. 그 경험은 마교의 누구도 겪어보지 못한 아주 귀한 자산이었다. 죽음을 경험하는 완벽한 실전. 압도적인 상대들에게 대항하는 몸부림. 지난 보름, 실제로는 그것보다 더 길게 느껴지는 시간 동안 말도 안 되는 무위를 지닌 자들에게 학살을 당했다.

적룡대보다 무공 수위가 조금 높은 마룡대 따위의 전략은 애초부터 잘못되어 있는 것이었다.

'걸렸군.'

적룡대의 다섯 조가 마치 한 사람같이 움직이며 포위망을 간단히 뚫어버렸다. 포위망이 뚫리자 급격히 무너지기 시작했다. 무너진 진에서 흩어져 나온 마룡대원들이 빠르게 각개 격파를 당하기 시작했다.

"이, 이 자식들이!"

"냉정을 잃지 마라! 다시 진을 짠다!"

마룡대원들이 분노에 이성을 잃으려 하자 마룡대원들 중 가장 실력이 뛰어난 자가 그렇게 외쳤다.

그 외침에 마룡대원들은 빠르게 물러나며 진을 재구성했

다. 더 이상 마룡대원들의 눈에는 방심이 없었다. 노골적으로 급소만을 노려오는 적룡대원들의 검은 간담을 서늘하게 하기에 충분하다 못해 넘쳤다. 그것은 교묘한 뱀처럼 보이기도 했다. 진정한 마검이었다.

"전력을 전개한다."

무극의 말이 떨어지기가 무섭게 모두 적마신공을 전력으로 운용했다. 그러자 검이 보랏빛의 검기에 휩싸여 갔다. 그 모습에 마룡대원들 역시 검기를 일으켰다. 적룡대원들의 눈에는 투지가 불타올랐고 마룡대원들은 약간 기가 눌린 모습이었다.

그것만으로도 두 진영은 대단히 상반되어 보였다. 당연희는 입술을 깨물며 마룡대를 향해 소리치고 싶었지만 대회 중의 훈수는 금지된 것이었다.

'방심했어. 얼마 전까지만 해도 변변치 않은 삼류였다고 들었는데 어디서 저런 실전 경험을 쌓은 것이지?'

적룡대가 구상한 진 따위는 신경 쓸 것이 아니었지만 설마 이런 식으로 뒤통수를 맞으리라고는 상상도 하지 못했다.

단수진의 미소가 보이는 순간 화가 머리끝까지 차올랐지만 분을 삭혀야 했다. 승부는 승부였다. 상대에 대한 분석을 올바르게 다하지 못한 자신의 패착이었다.

마룡대와 적룡대가 격돌했다. 그래도 마룡대는 내공을 바탕으로 예상보다 잘 버티고 있었다. 당연희에게 배운 방어진을 견고히 쌓아 날카로운 적룡검법에 맞서 싸우고 있는 것이다. 단수진은 마룡대가 쓰는 수준 높은 진을 보고 당연희를 다시 보게 되었다.

'말만 잘하는 여자가 아니었군. 하나…….'

안타깝지만 적룡대는 자신 보다 강한 상대를 제압하는 방법을 너무나 잘 알고 있었다. 마룡대가 간신히 버티는가 싶더니 무너지기 시작하자 순식간에 무너져 내려 버렸다.

결국 마룡대는 항복 의사를 표했다.

"와아아아!"

"적룡대가 이겼다!"

"마화 만세!"

주변에서 환호성이 터져 나왔고 원로들은 흡족한 표정을 지으며 박수를 쳤다. 교주 역시 대견하다는 듯 적룡대를 바라보았다. 물론 이들을 이 정도까지 키운 자신의 스승에 대한 존경심이 날로 커져 갔다.

'적마신공인가. 현묘한 마공이군. 역시 스승님이시다. 저런 수준 높은 무공을 짧은 기간 안에 저 정도로 구사하게 만드시다니.'

담담히 자리에서 일어나는 무생을 어울리지 않는 반짝이

는 눈으로 바라보는 단무준이었다.

그는 비무대회가 있기 전부터 생각해 온 것을 실행에 옮기기로 했다. 원로들을 바라보자 원로들은 기쁨에 찬 표정으로 고개를 끄덕였다.

"주목하라."

단무준이 사자후를 외치자 천년산맥 일대가 쩌렁쩌렁하게 울렸다. 마교인들은 교주의 심후한 내공에 감탄을 금하지 않을 수 없었다.

단무준이 내공을 일으키며 천마군림보를 시전해 연무장에 내려섰다. 그 모습에 마교인 모두가 굳어버렸다가 경악에 물들은 표정을 지었다.

"처, 천마군림보!!"

"교, 교주님께서 천마신공을 익히셨다!"

"마교의 영광이다!"

"천마지존!!"

그 모습을 본 단수진 역시 크게 놀랐다가 힘이 빠지며 주저앉으려 했다. 그러자 무생이 가볍게 잡아 주었다. 단수진은 눈시울이 붉어진 눈으로 단무준을 바라보았다.

"적룡대가 이토록 성장할 수 있었던 것은 모두 본좌에게 천마신공을 전수해 주신 선대 천마지존께서 있으셨기 때문이다. 그것이 바로 백도무림에서 염마지존이라 알려지신

나의 스승이시자 형님이시다!"

그 말에 모든 마교인이 입을 떡 하니 벌리며 놀람을 감추지 못했다. 당연희 역시 그러했고 독제는 예상했다는 듯 고개를 끄덕일 뿐이었다.

단수진은 그 선대 천마지존이라는 자를 찾기 위해 시선을 돌리다가 단무준이 자신을 바라보고 있음을 깨달았다. 정확히 말하면 자신을 부축해 준 무생을 바라보고 있는 것이다. 그것을 깨닫는 순간 교주가 무생에게 깊이 고개를 숙였다. 그러자 원로들이 모두 연무장으로 신법을 전개해 날아와 부복했다.

"선대… 천마지존?"

단수진이 무생을 바라보며 그렇게 말하자 무생은 귀찮게 되었다는 듯이 단무준을 바라보았다. 멀리 떨어진 곳에서 흐뭇하게 웃고 있는 독제에게 시선을 옮겼다가 짧은 숨을 내쉬었다.

[그냥 받아들이게. 나쁠 것이 없으니.]

[이럴 의도로 마교에 온 것이 아니오.]

[어쨌든 그렇게 되었으니 구색을 맞춰주게나.]

무생은 할 수 없다는 듯 천마신공을 일으켰다. 그것은 단무준보다 몇 배는 더 커다랗고 순수한 기운이었다. 검은 기류가 주변에 퍼지는 순간 무생의 신형이 여러 개로 깔라져 주변을 압도했다. 그 모습은 무적수라보를 바탕으로 재구성된 천마군림보였다.

"허억!"

"저럴 수가!"

압도적인 모습으로 연무장에 내려오자 침묵이 깔렸다. 무생은 천마신공을 지우며 염강기를 일으켰다. 황금빛 기류가 터져 나가자 마교인들은 무생의 정체가 염마지존임을 알 수 있었다.

"그, 그럼 마화 님과 그렇고 그런 사이라는 것이 염마지존?"

"허억!"

간혹 잡음이 들리기는 했다. 마교인들은 자리에서 벌떡 일어나 모두 부복했다. 무생은 곤란하다는 눈으로 주변을 바라볼 뿐이었다. 얼이 빠진 단수진의 표정은 그나마 볼만했다.

\*       \*       \*

무생의 정체가 화려하게 까발려지자 적룡대주는 한순간에 마교의 중심으로서 자리를 잡게 되었고 마화 단수진은 원로들의 부담스러운 시선을 견디며 무생의 곁에 있어야만 했다. 그녀를 견제하기 위해서 온 당연희는 단수진을 노려볼 뿐이었다.

지금 현재 적룡대의 숙소에 있었는데 마교는 온통 축제마당이었다. 무생은 그런 시끄러움을 바라보다가 숙소로 돌아온 것이었다. 그러자 단수진과 당연희가 귀신같이 무생을 따라왔다.

앙숙 같았던 당연희와 단수진이 서로를 노려보다가 무생을 힐끔거리며 이야기를 하기 시작했다. 그러더니 갑자기 술을 가지고 와 대판 마시고는 서로의 손을 부둥켜 잡으며 울기 시작했다.

'잘들 노는군.'

무생은 그 둘의 사이가 좋은 것이 나쁘지 않았다. 무엇이 그리 좋은지 무생을 보며 실실 웃다가도 갑자기 서러운 듯 울기도 하였다.

"형님!"

진대정이 창문 밖에서 무생을 불렀다. 내려다보자 진대정, 도진, 독제 그리고 단무준이 있었다. 독제가 술병을 흔들며 올려다보자 무생은 피식 웃고는 창문 밖으로 내려왔다.

"무슨 일들인가."

"마교의 경사가 아니겠습니까? 형님. 게다가 좋은 아우

둘을 얻게 된 날이기도 하고 말입니다.”

“나야 마교의 경사 따위는 상관없지만 술은 괜찮더군.”

단무준과 독제가 무생의 말에 그렇게 대답했다. 진대정과 도진은 단무준과 자연스럽게 형제의 연을 맺었다. 이로써 단무준이 둘째가 되었고 진대정, 그리고 도진 순이었다.

“천하제일 절대무적사방신이라 이름 붙였는데 괜찮습니까?”

“좋군!”

단무준의 말에 무생은 흡족한 듯 고개를 끄덕였다. 진대정과 도진은 마음에 전혀 들지 않았으나 그 둘이 마음에 든다면 어쩔 수 없다는 반응이었다.

“뭐, 무적이란 말은 어울리는군.”

독제의 개인적인 감상이었다.

그렇게 천하제일인, 마교의 교주, 녹림의 녹왕, 사파의 공포 사형제가 탄생되었다.

“무생, 연희를 부탁함세. 허허. 자네도 후사를 이어야 하지 않겠나! 허허. 단수진, 그 아이도 참하긴 하지만 아우의 딸이니 어쩔 수 없지!”

독제가 그런 말을 내뱉자 단무준은 피식 웃으며 입을 떼었다.

“마교는 강자지존. 강자가 모든 것을 가질 수 있지. 특히

천마지존은 그런 자질구레한 허울 따위에 얽매이지 않는
다."

"오! 거참 대단한 마교로군."

둘은 서로를 노려보다가 피식 웃고는 고래를 내저을 뿐
이었다. 무생 역시 단수진과 당연희를 생각해 보다가 살짝
웃음을 터뜨리고 고개를 내저었다. 지금쯤 단수진과 당연
희는 서로를 부둥켜안고 울고 있을지도 몰랐다.

# 第八章

천마동

무생록

무생은 그 어떤 반대도 없이 천마동에 들 수 있었다. 애
초에 단무준에게 천마신공을 전수해 준 시점부터 무생은
마교를 초월한 존재나 마찬가지였다.

　단무준이 염마지존이 천마신공을 익혔고 자신에게 천마
신공을 전수해 주었다고 밝힌 순간부터 무생은 마교의 정
신적 지주가 되었다.

　그도 그럴 것이 무생은 명실상부한 천하제일인이었고 구
파일방을 쳐부순 경력이 있었으며 혈교 역시 그의 손에 사
라졌으니 마교인들이 무생을 지지하는 것은 당연했다.

단무준과 원로들은 무생을 천주라 추대하며 무생을 칭송했고 무생신교에서 역시 동의한다는 전갈을 보내왔다. 소문이 퍼져 나가 구파일방에서는 잔뜩 긴장했지만 무생의 일이니 앞다투어 축하 대열에 합류했다.

물론 무생은 그저 흘려들었을 뿐이었고 자리에는 관심이 없었다. 단무준은 무생이 천마동에 들어가면 얼마 뒤 떠날 것임을 알았기에 말리고 싶었지만 그렇게 할 수 없었다.

아쉬운 마음에 단수진을 시켜 천마동으로 들어가는 무생을 배웅하게 했다.

"천마동에서 나오면 마교를 떠날 건가?"

"마교에 볼일이 있었을 뿐이니까."

"그렇군."

단수진은 침울한 기색이 역력했다. 당연희를 누른 것까지는 좋았지만 그 후 어떻게 행동해야 할지 몰라 허둥거리기만 했었다. 스스로의 마음을 깨달은 순간부터 무생을 조용히 따라다니기만 했을 뿐이다.

무생은 그런 그녀의 모습을 바라보다가 살짝 웃음을 내비쳤다. 그녀의 마음은 이해했지만 그것은 무생에게는 어려운 것이었다.

"어렵군. 세상의 모든 것이 쉬워져도 그것만은 어려울 것 같구나."

"무엇이 말인지?"

"마음."

무생이 그렇게 말하자 단수진은 살짝 웃었다. 무생이 고민하고 있는 모습은 그녀로서는 처음 보는 것이었기 때문이다.

"선대 천마지존이자 염마지존인 자가 어려워하는 것도 있었나? 너도 역시 사람이군."

"사람인가."

자신 역시 사람이었다. 특수하기는 하지만 분명 그럴 터였다. 사람의 마음은 그 누구도 모르는 것이었다.

무생과 단수진은 말없이 천마동 앞까지 왔다. 무생이 망설임 없이 천마동에 들어가자 단수진은 무생의 뒷모습을 바라보았다.

"마음인가……."

단수진은 조용히 미소 지으며 자신의 심장에 손을 얹었다.

"생각보다 어렵지는 않아."

무생이 끝까지 사라지는 것을 보고 단수진은 등을 돌리며 각오를 다졌다. 원하는 것을 스스로의 힘으로 쟁취하는 것이야말로 마교인의 진정한 자세였으니 말이다.

*     *     *

천마동이 무생을 위해 모두 개방되었다. 그것은 결코 이상한 일이 아니었다. 무생은 마교의 최고 권위자였으니 무생이 하고자 한다면 단무준이라 하여도 반대할 수 없었다.

무생이 가지고 있는 무력을 떠나서 무생은 항렬로도 따질 수 없는 아득히 높은 선대 천마지존이었다. 무생이 천마동에 들 수 있는 것은 당연한 것이다. 아니, 무생이 천마동을 점검한다고 하자 원로들은 오히려 눈시울을 붉히며 환영할 정도였다.

무생은 천천히 천마동에 들어섰다. 천마동은 오랜 기간 동안 마교인들이 천년산맥의 가장 단단한 지대를 깎아 만든 거대한 동굴이었다. 마교의 모든 역량이 집중되어 있었는데, 혈교와 분리될 당시에 반파되었다가 다시 지어진 이력이 있었다.

"나쁘지 않군."

기관진식은 옛것을 답습하고 있어 나쁘지 않은 수준이었다. 무생은 천마동에 있는 모든 것을 볼 때까지 천마동 밖으로 나가지 않을 계획이었다. 게다가 틈틈이 천마동의 부족한 부분을 고칠 예정이었다.

닿을 듯이 닿지 않은 무생록을 어느 정도 확립할 때까지는 머물 생각 역시 가지고 있었다. 막연히 무언가 얻을 수 있을 것 같았다. 어쩌면 광노는 마교보다 그 이유 때문에 자신을 이곳에 보냈는지도 몰랐다.

'늘 그렇듯 시간은 많으니⋯⋯.'

무생은 천마동 입구에서부터 비급을 살펴보기 시작했다.

＊　　＊　　＊

제갈세가는 호북 무한에 위치한 명가였다. 지금은 무림 맹을 실질적으로 제갈미현이 이끌고 있으니 제갈세가가 득세하는 것은 어찌 보면 당연한 일이었다. 모두 그렇게 생각하고 제갈세가와 연을 대기 위해 찾아왔다.

제갈세가는 명실상부한 중원의 천하제일가가 되어 제갈세가의 식솔들은 매일매일 즐거운 하루를 보내고 있는 중이었다.

제갈미현이 제갈세가로 돌아오지만 않았더라면 말이다. 제갈미현은 모용세가에 판 것과 다름없는 형태였는데 그대가로 제갈세가는 오대세가의 지위를 얻을 수 있었다. 제갈미현이 출현에 제갈세가의 가주를 비롯한 모두가 긴장하는 것은 당연했다.

제갈미현이 제갈세가의 장원 안으로 들어오자 가주인 제

갈준을 비롯한 모두가 나와 그녀를 맞이했다. 제갈준은 어색한 미소를 지으며 입을 떼었다.

"어, 어서 오거라. 너를 기다리고 있었다."

"그동안 무고하셨습니까, 아버지."

"그래."

제갈준은 고급 의복을 입고 있었고 식솔들 역시 전보다 훨씬 사치스러운 생활을 하고 있었다. 특히 차기 가주인 제갈민준은 매일 향락에 빠져 제대로 앞가림조차 하지 못했다.

"헤헤, 미현이가 왔구나! 가지고 온 선물은 없느냐?"

"어허!"

제갈민준이 그렇게 말하자 제갈미현의 눈치를 보던 제갈준이 호통을 쳤다. 하지만 제갈미현은 입가에 요사스러운 미소를 지으며 고개를 끄덕였다.

"그럼요. 오라버니. 그리고 모두에게도 선물이 있습니다."

그러나 그렇게 말하는 그녀의 손에는 아무것도 들려 있지 않았다. 복장도 긴 여행을 했다고는 믿기지 않을 정도로 깔끔했다. 제갈준이 이상함을 느끼는 순간 제갈미현의 뒤에서 무언가가 일렁였다.

"뒤… 뒤에?"

제갈미현의 뒤에서 무언가 나타났다. 그것은 불길한 혈마기를 내뿜고 있는 혈마인이었다. 혈마인이 하나둘 모습을 드러내자 제갈준의 얼굴은 사색이 되었다.

"미, 미현아! 어, 어째서 혈마인이……!"

"마음에 드시지요? 제 선물이."

제갈준의 안색이 새파랗게 질리며 공포로 물들었다. 제갈민준은 아예 바닥에 주저앉아 오줌을 지렸다. 제갈세가는 무공이 아니라 두뇌로 유명했는데 지금 같은 상황에서 두뇌가 할 수 있는 일은 아무것도 없었다.

마지막으로 나타난 것은 제갈준도 잘 알고 있는 자였다.

"모, 모용천!"

"흐, 흐흐흐… 먹는다."

모용천은 제갈준을 바라보며 그렇게 말했다. 쭉 찢어진 입은 너무나도 섬뜩했다. 정상이 아니라는 것을 한 번에 알 수 있을 정도로 동공이 풀려 있었다.

"다 먹어치우럼."

"크, 크흐흐흐!"

제갈미현의 말이 떨어지는 순간 모용천의 신형이 사라졌다. 모용천이 사라졌다고 느낀 순간 식솔들이 비명을 지르며 쪼그라들기 시작했다.

"끄아악!"

"꺄아아악!"

그들 사이에 나타난 모용천이 검붉은 혈마강기를 내뿜을 때마다 식솔들은 바싹 말라가더니 가루가 되어 바닥에 떨어졌다.

"허, 허억!"

흡성대법이라 하여도 이 정도는 아닐 것이다. 제갈준은 뒤로 주춤거리며 물러나다가 엉덩방아를 찧었다. 제갈미현은 제갈준을 내려다보며 미소 지었다. 제갈미현의 손에는 어느새 꿈틀거리는 고독이 들려 있었다.

"미, 미현아! 제, 제발 살려다오! 이 아비가 잘못했다."

"죽이지는 않을 거예요."

제갈미현이 다가가자 혈마인들이 제갈준을 붙잡더니 입을 강제로 열었다. 제갈민준, 그리고 살아 있는 다른 식솔들도 마찬가지였다.

제갈미현의 손에서 꿈틀거리는 고득이 제갈민준의 입 안으로 들어갔다. 그러자 제갈민준의 사지가 부르르 떨리며 눈이 까뒤집어졌다. 고독이 순식간에 뇌 속으로 올라가 자리를 잡은 까닭이었다.

"크, 크아아아악!"

제갈준은 고통에 비명을 질렀다. 제갈미현은 제갈준이 그럴수록 황홀하다는 듯 진한 미소를 지을 뿐이었다. 그동안 모용준에게 창녀 취급을 받으며 지내온 날들이 한순간 보상되었다.

제갈미현은 팔려온 순간부터 제갈준과 모두를 죽여 버리 겠다고 다짐했다. 하지만 죽음은 너무 편안한 처사였다. 아주 고통스럽게 오랫동안 살려둘 생각이었다.

혈교와 만나기 전, 자신이 버텨온 나날처럼 말이다.

"미, 미현아! 사, 살려다오! 네, 네 말은 무조건 들으마!"

제갈미현인 제갈민준에게도 예외 없이 고독을 심어 놓았다. 차례차례 즐기듯이 고독을 입 안에 넣자 모두 고통의 비명을 지르며 바닥에 고꾸라졌다.

그들의 몸에서 혈마기가 치솟았다. 제갈미현은 혈고독을 보다 빠르게 생산하는 법을 터득했다. 이제 제갈세가의 비법은 모두 자신의 차지가 될 터이니 세력을 확장시키는 것은 일도 아니었다.

"이제 시작이야."

우선 사파들부터 시작할 작정이었다. 그리고 구파일방, 마교, 마지막에는 무생신교까지 모두 손아귀에 넣을 생각이었다. 그렇게 된다면 염마지존은 자신의 앞에서 어떤 표정을 지을까?

그를 자신이 소유하게 될지도 모르는 일이었다. 제갈미현은 가지고 싶은 것을 다 가지고 죽이고 싶은 것을 모조리 죽일 생각이었다.

그것은 어떠한 야망이 있어서가 아니었고 그저 자신의 한계가 어디까지인지 시험해 보는 것에 불과했다. 물론 부가적으로 짜릿한 쾌감이 따라오기는 하지만 말이다.

*       *       *

무생은 천마동의 초입부터 시작해서 모든 비급을 읽어보고 있었다. 삼류 마공부터 시작해서 마교에만 존재하는 부작용이 심각한 사악한 마공, 그리고 무공 외에 정보가 담겨 있는 것들도 하나도 빠뜨리지 않았다.

천마동은 그야말로 마교 그 자체가 기록된 곳이었다. 혈교가 분리해 나갔을 때 제법 많이 유실되기는 했으나 그럼에도 불구하고 굉장히 방대한 양이었다.

천년마교가 무림의 반을 차지했을 당시 구파일방에서 가지고 온 비급들도 사방에 널려 있었다. 때문에 천마동은 마공뿐만 아니라 정파에서 취급하는 무공까지 방대한 양을 자랑했다.

'모두 다 같은 말이로군.'

무생이 깨달은 것이 있다면 삼류 마공이나 정파의 무공이나 또는 절정 무공이나 상관없이 모두 한 가지를 향하고 있다는 것이었다. 그것은 바로 육체에 대한 초월과 정신적인 완성이었다.

무공이 지향하는 것은 육체를 단련하여 정신적인 깨달음을 얻고 그것을 초월하는 것이었다. 무공을 도구로만 생각하는 무생에게 있어서는 생소한 깨달음이었다. 누구라도 쉽게 생각할 수 있는 것이었지만 정작 무생은 무공에 도구 이외에 특별한 의미를 두고 있지 않았었다. 그가 완성하려는 무생록 역시 죽음을 스스로 이루기 위한 도구였지 스스로를 초월하고자 하는 것은 아니었다.

'어쩌면 스스로가 무로 돌아가는 것이 무공에 있을지도 모르겠군.'

자신의 굴레에서 벗어난다면 어쩌면 스스로가 죽는 길이 될 수도 있을지 몰랐다. 무생은 쉬지 않고 비급을 읽으며 무생록에 대해 하나하나씩 다시 정의해 갔다.

그럴수록 아주 오랫동안 잊고 있었던 생각들과 느낌들이 몸을 잠식해 왔다. 마치 죽어 있던 감각이 살아나는 것처럼 무생 스스로가 살아 있는 사람이 되는 것 같았다.

'나는 과연 지금까지 살아온 것일까?'

그저 존재하는 것에 지나지 않았을지도 모른다. 그저 생각하는 시체였을지도 모른다.

우선은 살아야 죽음을 맞이할 수 있다. 사람으로서 살아야 사람으로서 죽을 수가 있다. 지금껏 무생은 사람이라 부를 수 없었다.

"기이하군. 죽기 위해 나를 살려야 한다니."

비급은 무공의 경지에는 아무런 도움이 없었다. 그저 읽는 행위에 지나지 않았지만 무생의 마음속에 있는 텅 빈 곳이 조금씩 채워지고 있었다.

아주 먼 과거로부터 잊고 있었던 것들이 하나씩 깨어나고 있는 것이다. 전란의 시대를 지나 득도촌을 만들고 노인들을 만나고 무림에 나오기까지. 모든 것이 새롭게 떠오르며 더 이상 기억이 아닌 추억으로 남기 시작했다.

'남궁소연……'

무생은 남궁소연이 생각나자 천천히 눈을 감았다. 그녀를 구하지 못한 것이 안타까웠다. 단지 흥미만이 아닌 동정과 연민이었다.

'언젠가는 이런 감정을 잊게 되겠지. 무수한 세월이 지난다면……'

무생록을 완성하지 못하고 많은 세월이 지난다면 또다시 감정을 잊을 수도 있었다. 과거의 기억이 잘 나지 않는 것처럼, 이 역시 희미해져 모든 것이 사라질 수도 있었다. 그것은 충분히 죽음이라 불릴 만한 것이었지만 무생이 원하는 형태의 죽음이 아니었다.

무생은 천천히 몸을 일으켰다. 천마동의 초입부터 마지막 주요 비급들이 있는 곳까지 모든 것을 읽었다. 그리고 벽을 바라보는 순간 광노의 모습이 언뜻 보이는 것 같았다.

벽에는 모든 심득이 자신에게 있다는 말이 써져 있었다. 스스로에게 답이 있었고 그 답을 찾는 것 역시 자기 자신이었다.

"검노 같은 소리를 하는군."

무생은 마지막 비급을 제자리에 가져다놓고는 등을 돌렸다. 잠시도 쉬지 않고 생각하며 읽어온 것이 지금 막을 내린 것이다. 그것은 무생이 천마동에 들어간 지 보름이 되는 날이었다.

*     *     *

무생은 소리 없이 천마동 밖으로 나왔다. 무생이 나오자 어둠 속에서 조용히 당연희가 모습을 드러냈다. 당연희는 그의 바뀐 분위기에 살짝 놀란 눈치였다.

"기다린 건가?"

"네."

"쓸데없는 짓을 했군."

무생이 그렇게 말하며 조용히 웃자 당연희 역시 마주보

며 웃었다. 그러다가 웃음을 지우고는 다가왔다.

"깨달음이라도 얻으신 건가요?"

"깨달음이라 할 것도 없다. 그저 잊고 있던 것을 다시 생각해 봤을 뿐."

"그것이 심득이라 하는 것이겠지요."

크든 작든, 얇든 깊든 그것은 중요하지 않았다. 얻어가는 것이 있다면 그것이 심득이었다. 당연희가 무생을 기다린 까닭은 따로 있었다. 사천당문은 하오문, 그리고 개방과 긴밀한 관계를 맺고 정보 수집에 열을 올렸다.

그것은 당연희의 주도로 이루어진 것이었다. 독제가 도움을 주기는 했지만 연락망을 구축한 것은 순전히 당연희의 능력이었다. 그녀가 힘들게 그런 일을 한 이유는 무생에게 도움이 되고 싶어서였다. 확신이 섰을 때 그녀는 마교로 무생을 만나러 왔다.

"할 말이 있나?"

"절 어떻게 생각하세요?"

"어떻게, 인가. 그렇군. 단 한 번도 생각해 본 적이 없었구나."

무생에게는 단지 작은 인연에 불과했다. 하나 지금은 새로운 각도에서 당연희에 대해 생각할 수 있게 되었다. 그것이 여자로 느껴지는 그런 종류의 것은 아니었지만 그래도 전에 비하면 장족의 발전이었다.

"그저 한 번이라도 생각해 주신다면 그걸로 되었어요."

"어렵군. 하지만 나쁘지는 않다."

"그래요?"

무생의 부드러운 미소를 보는 순간 당연희는 행복감에
빠졌지만 곧 그 기분을 억지로라도 식혀야 했다. 무생신교
에서조차 아직 진위 여부를 검토 중인 정보였지만 당연희
는 그 정보를 듣는 즉시 무생에게 말하고 싶었다. 보름 동
안 천마동에 들어가 있어 방해를 할 수 없었기에 여기서 이
렇게 기다린 것이었다.

"무한 근처에서 남궁세가의 소 공자를 보았다는 사람이
있어요."

"소연이의 동생 말인가?"

"네. 평소에 얼굴을 가리고 다닌다고 해서 확증은 없지
만……."

개방의 눈썰미 좋은 거지들이 봤다면 한 번쯤은 믿어도
무방할 정보였다. 닮은 사람이 있을 수도 있겠지만 얼굴을
가리는 것 자체에서 수상함을 느꼈기에 개방의 거지들이
그를 주시했던 것이다.

무생에게 도움이 되고자 하오문도들 역시 끈질기게 주변
을 맴돌아 간신히 획득한 정보였다. 본래는 그 근처에서 가

축들이 자주 말라 죽는다는 소문 때문에 조사를 갔었던 것이었지만 뜻밖에 수확을 얻을 수 있었다.

'할아버지, 고마워요.'

그 정보는 영광스럽게도 독제를 통해 당연희에게 전달되었다. 손녀를 지극히 생각하는 독제는 당연희가 무생에게 점수를 얻기 바란 것이다.

무생은 남궁세가라는 말을 듣는 순간 가슴이 욱신거렸다. 답답한 마음은 기분을 좋지 않게 했다. 무생이 얼굴을 찡그리자 당연희는 눈을 동그랗게 떴다.

"괘, 괜찮아요?"

"나쁘지 않다. 아니, 조금 나쁜가."

"이상한 말이네요."

무생은 조용히 당연희를 바라보았다.

"고맙다."

"벼, 별 말씀을."

무생은 당연희의 옆을 스쳐 지나갔다. 당연희는 그런 그를 바라보다가 입을 떼었다.

"불길한 예감이 들어요. 괜찮겠죠?"

"안 괜찮을 것이 뭐가 있겠나. 그나저나 너는 마교와 잘 어울리는군."

"네?"

무생은 고개를 살짝 돌리며 웃음을 내비쳤다.

"아무래도 넌 마교 체질인 것 같다. 마화와도 사이가 좋아지지 않았더냐."

"그 얼음 같은 여자와는 볼일 없네요."

무생이 선천지기를 끌어 올리며 신법을 전개했다.

"무 공자! 절 좋아하게 될 거에요!"

무적수라보를 전개하며 빠르게 멀어져 가는 무생의 귀로 희미하게 들리는 당연희의 목소리였다.

# 第九章

제갈세가

무생의 무적수라보를 시전해 쉬지 않고 계속해서 나아갔다. 그 속도는 누구도 따라올 수 없었다. 자유로움이 가미된 무적수라보는 모든 변화를 포용하는, 진정으로 완성된 신법이 되었다.

산들바람처럼 보이는가 싶더니 어느새 거친 폭풍이 되어 주변에 몰아쳤다. 속도는 내리치는 번개와 같이 느껴졌고 하늘을 노니는 용과도 같았다.

무생이 마교를 떠났다는 것이 알려졌을 때 무생은 이미 마교에서 한참이나 벗어난 뒤였다. 그는 경악에 가까운 신법으로 무한에 당도했다. 딱히 잠을 자지도, 쉬지 않아도 되었기에 범인들이 상상할 수 없을 정도로 빠른 시간 내에 도착할 수 있었다.

"남궁세가……."

남궁소연은 자신을 무림에 나오게 했고 무생이 지켜주어야 할 대상이었다. 집을 지어주겠다고 약조를 했으니 그런 꼴을 당하면 안 되었다. 남궁소연이 죽었다고 판단했을 때는 후회가 들었지만 지금은 마음이 아파왔다. 혈마와의 싸움 이외에는 아픔이라는 것을 잘 경험해 보지 않은 무생이어서 아픔이라는 것은 상상 이상으로 그를 답답하게 만들었다. 무생은 이 답답함에서 벗어날 방도를 찾고 싶었지만 아직까지는 뚜렷한 방법이 없었다.

남궁소연의 동생을 찾게 된다면 답답한 마음도 조금 풀리지 않을까 하고 생각해 본 무생이었다.

"이곳이 무한인가."

양자강상류와 한수와의 합류점에 있는 대도시였다. 특히 상공업이 발달했고 장광과 연결되었기에 대도라고도 불리어왔다. 무한이 무림인들 사이에서 유명한 까닭은 아름다움에 대한 칭송도 있었지만 제갈세가가 무한의 가장 좋은 곳에 장원을 사들이고 천하제일가로 거듭나려 하고 있었기 때문이다.

그 중심에는 역시 제갈미현이 있었다. 제갈미현의 미색이야 이미 알려진 바였고 무림맹을 다시 재건한 여인이었기에 그 능력 또한 출중해 많은 세가와 무림명파의 자제들이 연을 대기 위해 제갈세가로 물밀 듯 들어왔다.

제갈미현은 굉장히 겸손한 성품으로 알려져 있어 만남을 거절하지 않아 그 마음의 아름다움을 칭송하는 자들까지 생겨났다. 제갈세가에 방문했던 무림인들은 모두 제갈미현의 추종자가 되어 무림 각지에 퍼져 나갔다.

무생이 무한으로 들어오자 무림인들의 모습이 꽤나 보였다. 제갈세가를 먼발치에서라도 보고 싶어 찾아온 무림인들이었다.

"아쉽게도 백도제일화의 모습은 볼 수가 없겠구만."

"그러게. 무한을 떠났다니 아쉽게 되었어. 백도제일화인 제갈미현을 볼 수 있을 거라 해서 왔는데 말이야."

제갈미현은 백도제일화라고까지 칭송받고 있었다. 백도 무림에서 가장 아름다운 여인이라는 뜻이었지만 천하제일미의 지위까지 올려야 된다는 추종자들의 말이 있었다.

무생은 기억 속에 남아 있는 제갈미현을 떠올려 보았다. 객관적으로 따진다면 남궁소연과 비등한 아름다움이었다. 남궁소연은 청초한 분위기의 여인이라면 제갈미현은 굉장히 요염한 분위기였다.

단지 무생의 기억에는 모용준의 부하였고, 분위기가 요염한 여인이라는 인상밖에 없었다. 그 이름도 지금 무림인들이 흘리고 간 대화가 들려와서 알게 된 것이었다.

'제갈세가인가?'

제갈세가가 오대세가 중 하나라는 사실을 무생은 몰랐지만 백도무림의 일원이라는 것 정도는 알고 있었다. 일단 무생이 아는 정보는 남궁소연의 동생으로 추정되는 자가 무한 근처에 있다는 사실뿐이었다.

무생은 일단 무한에 있다는 하오문의 무한지부로 가보기로 했다. 무한지부라고는 하지만 만복금의 투자로 무한에서 제일 유명해진 기루였다.

무한의 모든 정보는 진용 기루에서 나온다고 하는 것은 아는 자만이 아는 사실이었다. 입구에서 사람들을 날카로운 눈으로 바라보고 있던 하오문도들이 무생에게 시선을 옮겼다. 그들의 얼굴은 이내 경악으로 물들더니 몇몇은 기루 안으로 황급히 들어갔고 몇몇은 급하게 다가와 무생을 공손히 맞이했다.

"여, 염마지존이십니까?"

"무생이다."

"어, 어서 오십시오! 최상층으로 모시겠으니 따라오시지요."

무생이 길게 늘어서 있는 줄을 무시하고 하오문도의 뒤를 따라가자 불만이 터져 나왔다. 하지만 무생은 별 신경을 쓰지 않았고 하오문도들에게 염마지존보다 더 귀중한 손님은 없었다. 설사 이 기루가 무너진다고 해도 염마지존을 모시는 것에는 결코 서운함이 없을 것이다.

무생은 진영 기루에서 가장 높은 층에 있는 화려한 최고급 방으로 안내를 받았다. 안으로 들어서자 얼마 지나지 않아 화려한 상차림을 몸소 들고 들어오는 여인이 있었다.

그녀는 무생에게 구함을 받았던 기녀 중 하나로, 만복금이 그녀에게서 뛰어난 수완을 발견하여 무한의 기루를 책임지게 한 것이다. 물론 하오문주가 그에 호응하여 그녀를 지부장으로 삼았다.

그녀의 이름은 구화였는데 아홉 번 죽을 고비를 넘겨 꽃을 피웠다는 의미로 스스로가 붙인 이름이었다.

"염마지존께 인사 올립니다. 소녀, 진용 기루를 책임지고 있는 구화라 하옵니다."

"무생이오."

"그간 강녕하셨사옵니까?"

무생 역시 그녀의 얼굴이 언뜻 기억나 고개를 끄덕이다 말았다. 그 모습에 의외라는 듯 구화가 그를 바라보았다. 무림에 결코 적이 없고 그 존재 자체가 이미 무림통일을 이룬 것과 다름이 없다는 염마지존의 얼굴에서 약간의 근심을 읽을 수 있었기 때문이었다.

"마음의 짐을 가지고 계시는군요."

"짐이라 하면 짐이겠지."

구화는 조용히 무생의 잔에 술을 따랐다.

"소녀를 보러 오신 것은 아니겠고, 염마지존께서 이런 하찮은 기루에 오신 연유를 물어도 되겠습니까?"

"정보가 필요하다."

그렇게 말하자 구화는 단번에 의도를 이해했다. 무생이 원하는 정보가 어떤 것인지 예상이 되었기 때문이다.

"남궁세가의 소공자에 대한 소식을 들으셨나 보군요."

"사실인가?"

구화는 무생의 질문에 어렵다는 듯한 표정을 지었다. 그러다가 미소로 표정을 수습하고는 조심히 입을 떼었다.

"제갈세가에서 나온 소식이니, 그 자체로는 사실일 가능성이 높다는 것이 개인적인 판단입니다."

"제갈세가라……."

제갈세가가 또 언급되었다.

"제갈세가는 무한과 이 일대에 가장 큰 정보망을 형성하고 있습니다. 하나 그들 역시 인간이기에 기루에 종종 들러 이런저런 말을 해주곤 하지요."

무생은 천천히 고개를 끄덕였다. 아무래도 직접 제갈세가로 가보는 편이 나을 것 같았다.

"기묘한 소문과 겹치는 시기에 나온 소식이라 수상하기는 합니다."

"기묘한 소문이라면?"

"가축들이나 사람들이 바싹 말라 죽어갔다고 하더군요. 제갈세가에서는 그 원흉을 혈마인이 된 남궁세가의 일원들이 제갈세가에 대한 원한을 풀기 위해 한 행동이라 은근히 몰아가고 있습니다."

무생은 흥미롭다는 듯한 표정이 되었다. 제갈세가는 남궁세가와 어떤 식으로든 관련이 있을 것이란 판단이 내려졌다.

무생은 천천히 고개를 끄덕이다가 자리에서 일어났다.

"아직 술이 채 식지도 않았는데 가시는 것이옵니까?"

"술값은 만복금에게 요청하도록."

"제가 어찌 은공께 술값을 받겠습니까? 이 기루는 은공의 것과 마찬가지입니다."

무생은 고개를 저었다. 그의 얼굴에는 작은 미소가 떠올라 있었다.

"마음만 고맙게 받겠소."

구화가 미소 지으며 시선을 돌렸다가 다시 무생이 있는

곳을 바라보았을 때 그의 모습은 존재하지 않았다. 기척조차 느낄 수 없이 사라진 것이다. 구화는 잠시 놀란 표정을 짓다가 표정을 수습하고는 자리에서 일어났다.

*　　　*　　　*

무생은 지체할 것도, 고민할 것도 없다는 듯 바로 제갈세가로 향했다. 제갈세가를 찾는 것은 손쉬웠다. 어디론가 향하는 무림인들을 따라가기만 하면 되는 것이었다.

제갈세가의 장원은 그 명성답게 대단히 화려하고 컸다. 천하제일가의 후보에 걸맞게 화려한 모습이었다. 대문 앞에 당도하자 제갈세가의 일원으로 보이는 자가 무림인들을 바라보며 외치기 시작했다.

"영웅호걸께서 이리 모여주시니 참으로 든든하기 그지없습니다!"

목소리가 상당히 컸다. 준수한 내공을 바탕으로 소리친 것이기에 주변의 모든 사람이 또렷하게 들을 정도였다. 무생은 그를 잠시 바라보다가 무언가 이상함을 감지했다.

"남궁세가의 무리로 추정되는 혈마인이 무한 근방에 출현하여 제갈세가는 모여주신 영웅호걸들의 손을 빌려 악적들을 처단할 계획입니다!"

"혈마인이라……! 혈교를 단신으로 없앤 염마지존을 기리기 위해서라도 참여하겠소!"

"옳소! 말만 하시오!"

주변의 무림인들이 동조하며 외치기 시작하자 제갈세가의 남자는 사람 좋은 미소를 지으며 고개를 끄덕였다.

"알겠습니다! 백도무림의 앞날은 영광으로 가득 차 있다는 것을 오늘 다시 한 번 깨달았습니다. 수고비는 넉넉히 챙겨 드릴 테니 걱정하지 마십시오! 마련된 숙소에 계시면 출발할 때 알려드리겠습니다!"

"역시 차기 천하제일가로 불릴 만하구만!"

"이 노검수가 제갈세가의 보살핌에 감동했소!"

제갈세가를 칭송하는 분위기가 이어졌다. 그도 그럴 것이 제갈세가가 마련한 숙소는 고급객잔이었다. 제갈세가는 백도무림의 통합을 위한다는 명목으로 혈마인 토벌에 대한 명예를 나누고 있으니 무림초졸이나 아직 알려지지 않은 무명 무림인들은 이 기회를 놓치고 싶지 않았다. 이름을 알리고 무림에 명성을 떨치고 싶은 것이다. 그들은 이런 기회를 준 제갈세가에게 대단히 고마워했다.

무생은 죽립 하나를 사서 그들과 섞여 앉았다. 염마지존임을 밝힌다면 제갈세가의 모두가 무생을 모시기 위해 뛰쳐나오고 친절히 정보를 제공해 주겠지만 무생은 무언가 이상함을 느꼈다. 그것의 정체가 무엇인지 알듯 하면서도 감이 오지 않았다.

객잔은 시끄러운 분위기였다. 모난 인물은 없는 듯 백도무림의 향후 방향에 대한 토론이나 무에 대한 이야기가 계속되고 있었다. 제갈 세가에서 사람이 온다면 곧 출발할 것을 알기에 술은 입에 대지도 않고 있었다. 하나 무생은 조용히 술잔을 따르고 들이켰다.

"형씨, 무림 초졸인 것 같은데 술은 하지 않는 것이 좋을 거요."

무생은 충고하는 무인에게 살짝 시선을 주었다가 다시 한 잔 따랐다. 술은 그럭저럭 마실 만했다. 제갈세가에서 고급술을 준비해 둔 것이었기 때문이다.

"거참! 뭐, 죽지나 마시오."

무인은 무안한 듯 화를 내며 다른 곳으로 갔다. 무생이 잠시 대기하고 있자 제갈세가의 무사로 보이는 자들이 객잔으로 들어와 모여 있는 무림인들에게 포권지례를 했다.

"무한 근처 삼숙에서 혈마인의 잔당들의 움직임을 봤다는 전갈입니다."

"오! 기다렸소!"

"자! 백도무림의 힘을 보여줍시다!"

무림인들이 모두 무기를 챙기고 일어나 제갈세가의 무사

들을 따라가기 시작했다. 무생은 제일 마지막에 일어나 제일 끝 무리에 붙었다.

'혈마인이라……'

오랜만에 듣는 혈마인이란 말에 무생의 눈이 날카롭게 빛났다. 혈마인은 거슬리는 존재였다. 모든 사건의 원흉이니 말이다. 무생에게 있어서 적으로 불려도 무방한 존재들이었다.

'나의 적인가.'

그동안 무생은 적이 존재하지 않았다. 적이란 것은 무생 그 자신이 적의를 가져야 하는 것이었다. 위협하는 존재가 없었으니 기껏 찾아본다면 지루함이 가장 큰 적이었다.

하나 지금은 혈마인들이나 그와 관련된 것들을 적이라 칭했다. 무생은 그들을 단 하나도 살려두지 않을 생각이었다.

그는 말없이 죽립을 눌러쓰며 경공을 써서 나아가는 제갈세가 무리의 뒤를 쫓았다. 삼십 가까이 되는 인원이었는데 충분히 전력이 될 만한 인원수였다.

곧 등장할 것이 남궁세가의 인물이든 혈마인이든 어쨌든 쉽게 넘어가지 않을 것이란 예감이 들었다.

물론 쉽게 넘어가지 못한다는 것은 자신의 말이 아니라 제갈세가의 무사들을 따르고 있는 저 무림인들에 대한 이야기였다.

그 누가 나타나도 무생을 당해낼 수는 없었다. 설사 그 혈마가 다시 나타난다고 해도 흠집조차 낼 수 없을 것이다. 그것은 자신감에서 나오는 것이 아니라 사실이었다.

'외진 곳까지 가는군.'

무한에서 꽤나 달려 외진 숲까지 들어가고 있었다. 무생은 기문진의 기척을 느꼈지만 별다른 티를 내지 않았다. 안개가 조금씩 깔려가자 무림인들은 살짝 동요하기 시작했다.

"조금만 더 가면 됩니다!"

제갈세가의 무인 중 하나가 그렇게 말하자 무림인들은 조금 안심하며 뒤를 따랐다. 그것이 끔찍한 결과를 불러올지는 그 누구도 상상하지 못했다.

무생은 조금 거리를 두고 뒤따랐다. 기문진을 살펴보기 위해서였다.

'장난질이군.'

이 정도면 상당히 높은 수준의 기문진이기는 하지만 무생이 보기에는 장난에 지나지 않았다. 단순히 안개를 불러 일으켜 시야를 차단하는 수준의 기문진이었다.

"뭐, 뭐야!"

"끄아아아악!"

무생은 갑작스럽게 들리는 비명 소리에 앞을 바라보며 신법을 전개했다. 무생의 눈에 들어온 것은 바뀐 분위기의 제갈세가 사람들이 무림인들을 공격하며 흡수하고 있는 모습이었다.

　붉은 혈마기를 일으키며 혈마기에 내상을 입은 무림인들의 내공을 모조리 흡공하고 있었다.

　"혀, 혈마인이다!"

　"끄악!"

　무생이 도착한 순간 마지막 남아 있던 무림인이 말라비틀어지며 바닥에 쓰러졌다. 무생이 등장하자 제갈세가의 무인들은 비릿한 미소를 지으며 무생을 바라보았다.

　"마지막 놈인가."

　"흐흐흐!"

　그들의 상태는 정상이 아닌 것 같았다. 침을 흘리며 혈마기에 의지하는 모습은 절로 눈살을 찌푸리게 만들었다.

　"제갈세가에 혈마인이라……."

　제갈세가에 혈마인이 잠입한 것인가? 그렇게도 생각해 보았지만 혈교가 없어진 지금 누가 그런 것을 시킬지 판단이 잘 내려지지 않았다.

　'제갈세가로 가서 물으면 되겠지.'

　무생은 간단히 생각하고는 혈마인들을 바라보았다. 혈마

인들은 혈마기를 일으키며 달려들었다. 무생은 선천지기를 일으키며 주먹을 뻗었다.

파천권장이 펼쳐진 것이다. 오랜만에 펼쳐진 파천권장은 신법을 전개해 달려드는 제갈세가의 무인을 말 그대로 박살 내어버렸다. 무생의 선천지기는 혈마기를 간단히 정화시켰다.

그런 모습에 제갈세가의 무인들은 몸을 흠칫 떨었다. 방금 한 수로 보통 자가 아님을 알려준 것이었다. 하나 무생은 그들에게 생각할 시간을 주지 않았다.


무생록(無生錄) 이식(二式).


선천지가가 개방되며 무생의 주위로 염강기가 떠올랐다. 그것은 혈마기로는 상대도 할 수 없는 고절한 무학이었다. 혈마강기 정도는 되어야 어느 정도 대항을 할 수 있을 테지만 안타깝게도 여기 있는 혈마인들은 그 수준에 미치지 못했다.


지옥지주.


혈마인들의 몸이 강제적으로 떠오르기 시작했다. 염강기

가 치솟으며 혈마인들이 순식간에 모조리 재가 되어 날리었다. 비명을 지를 틈도 없이 그렇게 사라진 것이다. 무생은 혈마인들이 남긴 재를 바라보다가 등을 돌렸다.

'아직 끝나지 않은 건가?'

무생은 눈썹을 찡그리며 그렇게 생각했다. 혈마인이 이렇게 대량으로 나타난 것을 보면 무언가 또 다른 것이 시작되고 있음을 뜻했다.

'알아봐야겠어.'

무생은 무적수라보를 전개해 다시 무한으로 되돌아가기 시작했다. 향한 곳은 제갈세가였다. 혈마인이 있다면 혈마인을 없애고 무엇 때문인지 알아낼 작정이었다.

눈이 차가워지는 순간 어느새 그는 제갈세가의 대문 앞에 도착해 있었다. 제갈세가의 대문 앞에 많은 무림인이 몰려 있는 것이 보였다. 무생이 천천히 걸어 대문에 당도하자 제갈세가의 무인이 앞을 가로막았다.

"여기가 어디라고……."

제갈세가의 무인이 멱살을 잡으려 했지만 무생의 손이 더 빨랐다.

콰앙!!

제갈세가의 무인이 대문을 부수며 안으로 튕겨져 나갔다.

"저, 저런!"

"제갈세가에서 횡패를 부리다니!"

뒤에 있던 무림인들이 노기를 터뜨리며 제지하려 했지만 무생의 기세가 퍼져 나가자 다들 식은땀을 흘리며 물러났다.

무생은 부서진 제갈세가의 대문 안으로 걸어 들어갔다. 얻어맞은 제갈세가의 무인은 무생의 선천지기를 견디지 못하고 그대로 혈마기를 내뿜다가 절명했다. 무생은 혈마인의 입에서 혈고독이 꿈틀거리며 나오는 것을 보았다.

콰직!

바닥을 기어 도망가려는 혈고독을 발로 밟았다. 저번에 봤을 때보다 더한 생명력을 지니고 있었다. 무언가 개량된 느낌이 확실히 있었다.

'제갈세가인가.'

화려한 제갈세가의 장원 안으로 깊숙이 들어가자 기다리고 있었다는 듯 제갈세가의 무인들이 맞이했다. 무생은 그들을 천천히 바라보다 그들 역시 혈마인인 것을 간파했다.

"다 쓸어버려야겠군."

제갈세가가 천하제일세가이든 그렇지 않든 상관없었다. 일단 혈마인이 눈에 띈 이상 단 하나도 살려둘 수 없었다.

"이게 무슨 소란인가!"

제갈세가의 가주가 호통을 치며 접근해 왔다. 제갈세가의 가주 제갈준은 무생을 보자마자 노기를 터뜨렸다.

"어느 안전이라고 감히 제갈세가의 안뜰에서 이런 횡패를 부리는 것이냐!"

"혈마인."

"무, 뭣!"

무생이 혈마인을 언급하자 제갈준은 크게 놀라며 뒤로 주춤거렸다.

"네, 네 이놈 어디서 그런 헛소리를!"

제갈준은 눈에 띄게 동요하고 있었다. 그 옆에 서 있던 제갈민준은 비릿한 웃음을 머금으며 제갈준의 앞으로 나왔다.

"크흐흐, 죽을 작정을 한 모양이군."

제갈민준은 무생의 말을 부정하지 않으며 다가왔다. 그는 무골이 아니었고 머리가 똑똑하지도 않았다. 그럼에도 장래에 제갈세가가 천하제일가로 거듭되는 것은 막대한 재물과 제갈미현 때문이었다. 제갈민준은 혈마인인 것을 들킬까 봐 노심초사하는 제갈준과는 달리 자신의 힘이 마음에 들었다.

이 얼마나 멋진 힘이란 말인가!

상처가 생겨도 내공을 흡공하면 상처가 낫고 게다가 일

류 고수 따위는 상대도 되지 않았다.

"내가 친히 죽여주지!"

"미, 민준아! 자중하거라!"

"제 힘을 보여드리겠습니다!"

제갈민준은 그렇게 말하더니 혈마기를 내뿜었다. 무생은 제갈민준을 바라보다가 제갈준에게로 시선을 돌렸다. 제갈민준은 자신을 무시하는 무생의 모습에 화가 나 달려들기 시작했다.

"죽엇!"

제갈민준은 신법을 전개했다. 특출 난 점은 없었으나 혈마기로 강화된 덕분에 일류 고수에게는 충분히 위협적인 모습이었다. 하지만 무생에게는 그저 달려드는 병아리일 뿐이었다.

지척에 다다랐을 쯤 무생이 가볍게 손으로 목을 치자 제갈민준의 목이 꺾이며 옆으로 튕겨 나갔다. 바닥을 구르다가 몸을 부르르 떨며 혈마기를 모조히 토해냈다.

"미, 민준아! 가, 감히 네놈이 제갈세가의 후, 후계자를!"

"가주이오?"

"어, 어서 죽여라!"

제갈준이 뒷걸음치며 말하자 제갈세가의 무인들이 혈마기를 뿜으며 무생에게 달려들었다. 그들은 제갈준이나 제갈민준과는 달리 눈에 초점이 없어 그저 움직이는 꼭두각시처럼 느껴질 뿐이었다.

저번에 봤을 때보다 혈마기의 농도는 더 진해져 있었다. 무생은 그러한 점을 기이하게 여기며 잠시 관찰하다가 주먹을 쥐었다.

**파천연환권장.**

무생이 주먹을 쥔 이상 혈마인들은 온전한 모습으로 죽을 수조차 없었다. 정면을 가득 메우며 뻗어나간 권장들이 달려드는 혈마인들을 모조리 쓸어버렸다.

권장에 적중당한 혈마인들은 바닥에 고꾸라지며 그대로 즉사했다. 무림에 공포로 알려진 혈마인 치고는 허무한 최후였다. 무생은 선천지기를 개방하며 염강기를 일으켰다. 염강기가 주변에 퍼져 나가며 혈마인의 시체를 모조리 태워 버렸다. 살려고 발버둥치는 혈고독이 괴상한 소리를 내뱉다가 그래도 터져 버렸다.

"여, 염마지존!"

제갈준은 엉덩방아를 찧으며 두려움에 빠져들었다. 황금빛 염강기를 쓰는 자는 무림에 염마지존밖에 존재하지 않았다. 마교를 접수했다는 소문이 파다한 지금 염마지존은 무신으로서 추앙받고 있을 정도로 위대한 자였다.

"사, 살려주십시오! 부, 부탁입니다!"

"물어볼 것이 있다. 대답해 줄 수 있겠나?"

"무, 물론입니다. 무엇이든 다 대답해 드리겠습니다."

제갈준은 바닥을 기다시피 하며 무생에게 매달렸다. 일단 무생은 가장 알고 싶은 것을 물어보기로 했다.

"남궁소연의 동생을 보았다는 말은 사실인가?"

무생이 묻자 제갈준은 잠시 고민하는 듯하다가 고개를 심하게 끄덕였다.

"무, 무한 근처에 사, 삼숙이란 곳에서 바, 발견하여 그쪽으로 사람을 보냈습니다."

"사람을 보냈다고?"

"그건……."

무생이 노려보자 제갈준은 안색이 새파랗게 변하더니 입을 떼었다.

"사실……! 커억!"

제갈준은 갑자기 머리를 부여잡더니 피를 토했다. 그러다가 눈이 뒤집히더니 앞으로 고꾸라지며 절명했다. 무생은 제갈준의 머릿속에 있는 혈고독이 자결을 명한 것으로 파악했다. 제갈준은 말하면 안 되는 것을 말하려 한 것 같았다. 더 질문이 남아 있었지만 수확은 있었다. 남궁소연의 동생이 생존해 있는 것이다.

제갈준의 시신을 염강기로 없애자 제갈세가의 식솔들이 모두 모습을 드러냈다. 눈에 초점이 없고 걸음걸이 역시 정상이 아니어서 사람이기보다는 강시에 가까웠다. 다만 강시만큼의 위력은 없어 보였다.

'고독에 지배를 받는 것이군.'

이지를 제압당한 채 고독의 뜻대로 몸을 움직이고 있는 것이었다. 무생은 그들을 무심한 눈으로 바라보다가 무생록 이 단계를 개방했다. 이미 죽은 자들이나 다름없었다. 선천지기는 모두 사라져 있었고 혈마기로서 목숨만 부지하고 있는 형국이었다.

그들이 달려들었지만 무생은 그대로 등을 돌렸다. 등에 닿기 직전, 그들은 타오르는 염강기로 인해 그 자리에서 사라졌다.

'삼숙인가.'

무생의 방향이 바로 정해졌다. 더 기다릴 필요도 없이 바로 무적수라보를 써서 빠르게 삼숙으로 향하기 시작했다.

第十章

결심

무생록

종남파는 종남산에 자리한 속가의 대표적인 문파였다. 처음에는 도가로 시작하였으나 지금은 속가의 성향이 강했는데 구파일방 중에서는 가장 떨어진다고 할 수 있었다.

그러나 구파일방에 속한 만큼 종남을 가볍게 보는 이는 없었고 구파일방의 구성원으로서 상당한 존중을 받았다.

종남의 정신에 대한 칭송이 가득한 지금은 전성기를 달리고 있다고 봐도 무방했다.

"하암!"

종남파의 문지기는 하품을 하였다.

"어제 잠은 제대로 잔 건가?"

"아, 연공을 하느라 조금 늦게 잤더니, 하암!"

"음? 저길 좀 보게."

그러다가 종남산을 기이한 걸음걸이로 오르는 남자를 발견하고는 고개를 갸웃했다.

"뭐지? 오늘 방문객은 없다고 하였는데……."

비틀거리면서 걸었는데 그 속도는 너무나 빨라 금세 자신의 앞까지 당도할 정도였다.

"흐, 흐흐흐!"

남자가 문지기를 코앞까지 얼굴을 들이밀더니 기이한 웃음소리를 내었다.

"허억!"

물러나려 했지만 남자가 먼저 문지기의 목을 부여잡았다.

옆에 있던 다른 문지기가 남자를 공격하려 했으나 오히려 다른 한 손에 제압되어 그 역시 목이 잡혔다.

"종남파. 이히히."

남자의 몸에서 검붉은 기류가 솟구치기 시작했다.

문지기는 온몸의 기운이 모두 빨려나가기 전에 그것이 혈마기임을 눈치챘다.

"커억!"

"혀, 혈마인······!"

문지기들의 몸이 말라비틀어지며 바닥에 떨어졌다.

남자의 뒤로 고개를 떨구고 있는 혈마인들이 모습을 드러냈다.

남자는 자신의 몸을 채우는 기운에 비릿한 웃음을 짓고는 종남파의 문을 박살 냈다.

"웬 놈이냐!"

종남파의 제자들이 검을 뽑으며 남자를 향해 겨누었다. 주변에 있던 종남파의 제자들은 빠르게 신법을 전개해 다가왔다.

종남파의 대표 신법인 금안공(金雁功)으로 순식간에 모여드는 모습은 가히 구파일방답다고 할 수 있었다.

그 누가 종남파를 이런 대낮에 습격한단 말인가!

"흐··· 흐흐흐!"

"모, 모용천?"

종남파의 제자들 중 하나가 웃음을 흘리고 있는 모용천의 얼굴을 알아보았다. 그리고 경악으로 물들었다.

죽었다고 알려져 있는 모용천이 눈앞에 있었고 그의 뒤에는 기이한 존재감을 뿜어대고 있는 수십의 사람이 있었다.

"내가, 내가 모용천? 흐, 흐흐!"

"어떻게 살아 있는지는 모르나 실성을 했구나!"

"종남파에게 도전한 것을 후회하게 될 것이다!"

모용천은 그들의 호통에 웃음을 지우더니 혈마강기를 뿜어대기 시작했다. 검붉은 혈마강기는 주변을 잠식하고도 계속해서 뻗어나갔다.

"무, 무슨 이런 공력이!"

종남파의 장로가 모용천의 내력에 놀라며 신음을 내뱉었다.

종남파의 제자들은 달려들 엄두를 내지 못하고 모용천과 다른 혈마인들의 주변을 둘러쌌다.

상황이 이쯤 되자 종남파의 장문인 주천진도 허공답보의 수로 날아와 모용천의 앞에 섰다.

"모용천! 무림공적이 겁도 없이 살아 돌아왔구나!"

주천진은 그렇게 외치기는 했지만 모용천의 기세가 너무나 위험하다는 것을 깨달았다.

종남파의 어린 제자들이 감당하기에 혈마강기는 너무나 강한 기운이었다.

"지금부터 일대 제자를 제외한 나머지는 화산으로 피한다!"

"하, 하지만!"

"감순! 네가 제자들을 이끌고 하산하라! 그리고 이 사실을 모두에게 알려라!"

주천진이 직접 명령하자 제자들은 따를 수밖에 없었다.
그의 굳은 표정에서 상황이 심각하게 돌아가고 있음을 읽
은 것이다.

종남파의 어린 제자들은 눈물을 머금고 모두 신속하게
자리를 이탈했다.

종남파에 남은 종남검수들과 장로들, 그리고 장문인은
진을 형성하며 모용천과 혈마인을 노려보았다.

"혈마강기……! 이러한 기운을 홀로 대적하다니 염마지
존의 무위는 짐작도 되지 않는구나."

주천진은 그렇게 말할 수밖에 없었다. 혈마강기는 화경
을 넘어선 자라도 내상을 당할 만큼 치명적인 기운이었다.

게다가 모용천의 혈마강기는 그 끝을 모르고 계속해서
거대해지고 있었다.

내력의 부족함이 전혀 없는 모습에 주천진과 장로들은
신음성을 내뱉었다.

"하나 종남을 우습게보지 마라!"

주천진은 내력을 극성으로 일으키며 검강을 일으켰다.
종남을 상징하는 검강이 일어났지만 혈마강기에 대항하기
에는 턱없이 부족해 보였다.

"크, 크흐흐!"

모용천이 웃음을 내뱉음과 동시에 혈마인들이 먼저 달려들기 시작했다.

혈마인들의 무공은 미천한 수준이었으나 거의 동귀어진 공격이었다. 목숨이 아깝지도 않은지 그저 달려들 뿐이었다.

서걱!

종남파의 장로가 검강을 일으키며 혈마인을 베자 혈마인의 몸이 터져 나가며 혈마기가 주변을 잠식했다. 종남파의 장로는 입을 부여 막으며 뒤로 물러났다.

"크!"

혈마기의 침입은 면했지만 혈마인들의 숫자가 너무 많았다.

어디서 이렇게 많은 혈마인이 나온 것인지 이해가 되지 않았다.

혈교가 박살 난 것은 황산에 직접 가본 종남파의 장로 역시 두 눈으로 확인한 사실이었으니까.

"장문인, 아무래도……."

"강환으로 상대하시오!"

주천진이 침착하게 지시하자 강환으로 멀리서 하나둘씩 줄여 나갔다.

변화가 일어난 것은 그때였다. 모용천의 신형이 갑자기

사라지더니 장로의 앞에 나타났다.

"무, 무슨!?"

가히 느낄 수도 없는 절정의 신법이었다. 장로는 당황하며 방어 초식을 취하려 했지만 모용천의 혈마강기가 뿜어져 나가 그의 몸을 강타했다.

모용천은 장로를 부여잡고 그대로 내공을 모조리 흡수했다.

모용천의 움직임은 거침없었다. 상처 입는 것을 전혀 두려워하지 않고 혈마강기를 내뿜으며 장로들을 흡수해 갔다.

주천진은 혈마강기의 치명적인 위력에 내상을 입고는 뒤로 주춤 물러나다가 검을 땅에 박아 넣고 무릎을 꿇는 것을 면했다.

"종남이⋯⋯!"

주천진의 눈에 장로들, 그리고 종남검수들이 모용천에게 흡공당하는 것이 너무나 뚜렷하게 보였다. 주천진의 눈에서 피눈물이 흘렀다.

모용천은 마지막 남은 종남검수를 손에 쥐고 있다가 바닥에 떨어뜨렸다. 그의 일그러졌던 얼굴은 본래의 모습으로 회복되어 있었다.

"그렇군. 내가 모용천."

"네놈……!"

"내가 천하제일인 모용천이다! 크하하하하!"

막대한 내공을 흡수하여 이성을 되찾은 모용천은 자신의 손아래 파괴된 종남파를 바라보며 큰 웃음을 내뱉었다. 거대한 힘이 자신의 내부에서 느껴졌다. 혈마강시가 되었을 때와는 차원이 달랐다. 모용천은 천천히 기억이 되살아나는 것을 느꼈다.

"제갈미현……!"

제갈미현. 모용천은 제갈미현을 찢어죽이리라 생각했다. 그렇게 생각을 할 때 머리가 깨질 듯이 아파왔다.

"크아아악!"

모용천의 머릿속에 심어두었던 여러 개의 고독이 일제히 활동을 개시한 것이다.

"네년!!"

모용천의 이상함을 감지한 주천진이 동귀어진의 수법으로 모용천에게 검을 찔러 넣었다.

탕!

하나 모용천의 손에 검이 간단히 잡혀 버렸다. 모용천은 고통에 얼룩진 얼굴로 주천진을 바라보았다. 주천진에게 혈마강기가 작렬하는 순간 주천진의 모든 것이 모용천에게 빨려들어 왔다.

모용천은 자신의 목숨을 쥐고 있는 것이 제갈미현임을 깨달았다. 그것을 깨달은 순간 다시 표정을 지우고는 얼굴을 일그러뜨렸다.

"흐, 흐흐흐……."

멍청한 웃음을 내뱉고 있지만 마음속으로 칼을 갈고 있었다. 그런 모용천의 웃음 속에서 구파일방의 종남이 멸문했다.

*　　　*　　　*

삼숙은 제법 큰 마을이었다. 육로로 무한을 가기 위해 북쪽에서 내려온 자들이 잠시 머물러 가는 곳이라 상권이 제법 발달했다.

제갈세가에서 일어난 일이 무한을 뜨겁게 달굴 무렵에 무생은 빠르게 삼숙에 도착했다.

제갈세가에서 사람을 보내 남궁소연의 동생을 찾고 있는 것으로 보였다.

그것은 꽤나 많은 기간을 소모한 일인 것 같은데 아직까지 소식은 없었다. 구파일방에서조차 모르는 정보였다.

하오문과 당연희의 노력이 아니었다면 그 사실이 밝혀지는 데 시간이 꽤나 걸렸을 것이다.

삼숙에 들어와 제일 먼저 무생은 제갈세가의 사람들을 찾기 시작했다. 제갈세가의 사람들은 모두 혈마인이니 알아보기 쉬웠다.

'여기 있군.'

삼숙에 들어온 무생은 단번에 제갈세가의 사람들을 찾을 수 있었다. 제갈세가의 모든 혈마인이 무생에 의해 죽은 것을 저들은 모르고 있을 것이다.

제갈세가 장원에 있던 자들과 분위기가 어딘가 달랐다. 혈마기를 잘 갈무리하고 있었고 일사분란하게 움직이는 모습은 제갈세가 장원에서 본 것들과는 차이를 보이고 있었다.

어느 정도 완성형에 가까운 혈마인이었다. 그들은 날이 어두워지자 본격적으로 움직이기 시작했다. 무생은 그들이 오랫동안 남궁소연의 동생, 남궁민을 추격하고 있다는 것을 알아차렸다.

'저들을 쫓으면 되겠어.'

그들은 어느 정도 확신을 가지고 있는 듯 빠르게 신법을 전개해 이동했다. 무생은 기척을 지우며 그들을 쫓았다. 남궁민의 얼굴을 몰랐고 어떤 상태인지도 몰랐기 때문에 몰래 따라가는 것이 가장 효율적인 방법이라고 생각했다.

'누가 배후지?'

무생은 뒤를 쫓으며 누가 배후인지 곰곰이 생각해 보았다. 혈마는 자신의 손에 최후를 맞이했고 남아 있던 그의 잔당 중 한 명이 분명했다. 문득 생각나는 사람이 있었다.

'제갈미현……'

물론 그녀 역시 제갈세가의 이들처럼 피해를 받았을지도 모른다. 그것은 나중에 확인을 해보면 될 터였다.

그들은 흔적을 찾으며 깊은 숲 속까지 들어갔다. 그러다가 사람의 흔적을 발견하고는 속도를 내기 시작했다. 무생 역시 그 흔적을 발견하고는 근처에 사람이 살고 있음을 알아차렸다.

'얼마 전에 도착했군.'

무생은 흔적을 보는 것만으로 알 수 있었다. 곧 자리를 뜰 것이라는 것도 직감적으로 느꼈다. 오랫동안 떠돌아 다닌 듯한 느낌이었다.

"찾았습니다."

"좋아. 이번에도 제압에 실패하면 그분이 우리를 가만두지 않을 것이다."

대화를 마치더니 그들은 자세를 숙이며 기척을 죽였다. 그들의 앞에 있는 것은 조그마한 동굴이었다. 나무나 풀로 안에서 모닥불 빛이 새어 나가는 것을 가렸지만 가까이서 본다면 충분히 알아차릴 만했다.

그들이 접근하자 모닥불이 꺼졌다. 음산한 분위기 속에서 부엉이 우는 소리만 울려 퍼질 뿐이었다.

"쳐라! 죽이지만 않으면 된다!"

제갈세가의 사람들이 혈마기를 뿜으며 동굴을 향해 달려들었다. 혈마기를 능숙하게 다루며 신법을 전개하는 모습은 제법 체계화되어 있었다.

혈마인들이 다가서기 무섭게 동굴 안에서 혈마기가 뿜어져 나오며 혈마인을 갈랐다. 무생은 동굴 안에서 혈마기가 뿜어져 나오자 살짝 인상을 찡그렸다. 그리고 동굴 밖으로 나오는 남자를 보며 조금은 눈이 크게 떠졌다.

그자는 몇 번 마주친 적이 있는 가면무사였다. 부서진 가면을 쓰고 있었는데 가면의 모습이 무생의 기억 속에 선명했다.

"이제 도망치지 못할 것이다. 남궁민. 순순히 그분의 명령을 받들어라!"

"너희와 같은 꼭두각시는 되지 않는다."

가면무사의 정체는 남궁민이었다. 무생은 의외의 사실에 잠시 상황을 지켜보기로 했다. 남궁민의 상태는 좋지 않았다. 혈마기가 불안정했고 혈맥이 역류하고 있었다. 혈마지체를 이루지 않는 이상 혈마기 자체는 결코 안정적인 것이 아니었고 지속적인 공급이 없으면 자멸을 면치 못하는 기운이었다.

"그 몸으로 용케도 버텼군."

혈마인들은 남궁민의 상태를 간파하고 비릿한 웃음을 지으며 검을 겨누었다. 남궁민은 천천히 자세를 잡기 시작했다. 그것은 무생도 견식한 적이 있는 남궁소연의 무공이었다. 그 모습을 보자 무생은 고개를 끄덕였다.

'남궁소연의 동생이 맞군.'

혈마인이 되어 어째서 혈마를 따른 것인지는 모르지만 나름 사정이 있어 보였다. 제갈세가의 혈마인들이 남궁민을 향해 달려들 때 무생 역시 모습을 드러냈다.

"웬 놈이냐!"

혈마인들은 잠시 멈춰 서고는 갑자기 난입한 무생을 노려보았다. 존재감이 심상치 않음을 느낀 혈마인들은 긴장한 기색이었다.

"제갈세가에 있던 놈들과는 좀 다르군."

무생의 말에 혈마인들이 놀라며 웅성거렸다.

"배후가 누구냐."

그렇게 물었으나 혈마인들은 들을 가치도 없다는 듯 혈마기를 폭사시키며 무생을 노려보았다. 아무리 고수라도 자신들의 숫자가 훨씬 많았고 특히 혈마기를 믿고 있었기 때문이다.

남궁민은 무생을 알고 있었다. 적으로 만났지만 그 전율 스러운 강함을 너무나 잘 알고 있었다. 그를 보자마자 남궁 민의 불안정한 혈마기가 혈맥을 타고 역류했다.

남궁민은 기다리고 있던 자가 오자 두 눈을 감았다.

"기다리거라."

무생은 남궁민에게 그렇게 말하고는 혈마인들을 바라보 았다.

혈마인들이 달려들기 시작했다. 신법을 전개하며 노련한 수법으로 압박해 왔다. 하나 무생에게 있어서 혈마인의 공 격은 여전히 전혀 위협이 되지 않았다.

무생이 선천지기를 개방하여 염강기를 내뿜자 달려들던 혈마인들의 몸이 폭발하며 그대로 산화되어 사라졌다. 혈 마기는 무생의 선천지기와는 상극이었다. 무림인들이 혈마 기를 두려워하는 것처럼 혈마인들도 무생의 황금빛 선천지 기를 두려워할 것이다.

"이럴 수가!"

혈마인들은 경악하며 무생을 바라보았다. 무생이 염강기 를 내뿜는 순간부터 무생의 정체를 짐작하고 있었다.

그 짐작이 사실이라면 자신들은 목숨을 보존하기 힘들 것이다.

"염마지존이 어째서 이, 이곳에!"

"오다가 제갈세가에 들리니 가주가 친절하게 알려주더군."

혈마인의 얼굴이 일그러졌다. 제갈세가가 어떻게 되었을지는 뻔했기 때문이다. 그들은 제갈세가에 애정은 없었지만 주요 거점을 잃은 이상 자신들은 죽은 목숨이었다.

무생은 그들의 사정을 알 필요도 없었다. 그리고 반항할 시간을 주지도 않을 작정이었다.

염강기가 주변을 잠식했다. 그 끝을 모르는 선천지기는 그들에게 파도처럼 몰아치며 모조리 태워 버렸다. 비명조차 지르지 못하고 그대로 재가 되어 사라지는 모습은 처량하기 그지없었다.

무생의 선천지기에 영향을 받은 것인지 남궁민이 피를 토하며 무릎을 꿇었다. 무생이 천천히 다가가 남궁민을 내려다보았다.

"네가 남궁민인가."

"그렇소."

"혈마기가 깨져가고 있군."

무생이 그렇게 말하자 남궁민은 알고 있다는 듯 대답하지 않았다. 수명이 얼마 남지 않은 것쯤은 그도 잘 알고 있었다.

"각오했던 바이오. 나는 당신을 꼭 만나고 싶었소."

무생은 남궁민이 무리하게 정보를 흘린 것을 알아차렸다. 모두 자신을 만나기 위해서였다는 사실에 의아함을 감출 수 없었다.

"따라오시오."

남궁민은 힘겹게 몸을 일으켜 동굴로 향했다. 무생은 그의 등을 바라보다가 따라서 동굴 안으로 들어갔다. 동굴은 차가운 한기가 감돌고 있었다. 동굴 깊이 들어가자 은은한 빛을 내는 한기에 둘러 쌓인 여인을 볼 수 있었다.

"소연……?"

무생의 눈이 크게 떠졌다. 얼굴은 놀람으로 물들어갔다. 눈앞에 있는 여인은 남궁소연이었다. 남궁소연은 쇠사슬에 묶인 채 혈마기에 휩싸여 있었다. 이성을 잃은 것인지 비명을 질러대었다.

무생은 그녀의 상태의 위급함을 알아차렸다. 혈마기가 폭주하고 있는 것이었다.

"내가 억눌러 왔지만 이제 한계이오."

남궁민은 그렇게 말하며 숨을 몰아쉬었다. 그동안 남궁수연의 혈마기를 억누르기 위해 남궁민은 스스로의 생명력을 깎아가며 기운을 주입했던 것이다. 가축이나 야생동물을 잡아먹으면서까지 남궁수연의 생명을 연장시키기 위해 노력을 했다.

"부탁하오."

남궁민이 바닥에 주저앉으며 혼절하자 남궁수연이 혈마강기를 일으키며 쇠사슬을 모조리 끊어버렸다. 그녀의 눈이 붉게 물들었다.

무생은 그런 남궁소연을 차분한 눈으로 바라보았다. 아직 죽은 것이 아니었다. 미세하게나마 심장 박동이 느껴졌다.

"소연."

이름을 부르자 남궁소연은 무생을 노려보았다. 그러더니 혈마강기를 폭사시켰다. 무생은 피하지 않고 그대로 가만히 서 있었다.

혈마강기는 무생의 몸에 닿자 그대로 사라져 버렸다. 그의 선천지기는 혈마강기 따위가 뚫을 수 없는 거대한 기운이었다.

남궁소연이 남궁세가의 신법을 전개하며 달려들었다. 혈강시가 되었기에 그 경지는 화경에 닿았다고 할 수 있었다.

무생은 남궁소연이 휘두른 손을 바라보면서도 피하지 않았다. 선천지기를 억누르며 단 한 번의 공격을 맞아주었다. 가슴의 옷이 찢어졌지만 혈마강기는 무생의 피부에 상처를 입히지 못했다.

남궁소연의 눈에서 피눈물이 흐르는 것이 보였다. 무생

은 그런 남궁소연을 향해 손을 뻗었다.

"이제 되었다."

무생의 손이 얼굴에 닿는 순간 남궁소연은 그대로 자리에 주저앉았다.

"오라… 버니?"

남궁소연이 무생을 알아보았다. 살짝 미소를 지어주자 그녀의 눈이 스스륵 감겼다. 무생은 남궁소연의 상태를 살피기 시작했다.

'심각하군.'

즉각적인 조치가 필요할 정도로 상태는 무척이나 심각했다. 아무리 무생이라 하여도 남궁소연의 뇌 속에 있는 불안정한 혈고독을 피해 없이 제거할 수는 없었다. 자칫 잘못하면 백치가 되거나 영영 일어나지 못할 수도 있었다.

일단 무생은 혈고독을 제거하는 것을 포기하고 몸부터 치료하기 시작했다. 남아 있는 혈마기를 전부 몰아내고 선천지기를 유입했다. 끊어진 혈맥을 다시 잇고 단전에 선천지기를 충만히 차오르게 했다.

그러자 남궁소연의 안색이 좋아졌다. 하지만 더 이상 주입할 수는 없었다. 혈고독이 이상을 감지하고 활동을 시작하려 한 것이다.

"음……."

무생은 신음성을 내뱉었다. 뇌는 아직 무생이 제대로 이해하지 못하는 영역이었다. 혈고독을 제거할 수는 있었지만 위험 부담이 너무 컸다.

일단 혈고독이 활동하지 않는 선에서 남궁소연을 치료하기로 했다.

무생은 밤낮을 잊고 남궁소연을 치료했다. 선천지기의 주입이 어려워진 시점부터는 그가 알고 있는 모든 의료 기술을 동원해 남궁소연의 몸을 되돌리는 것에 집중했다.

남궁소연의 맥을 짚으며 내부의 상태를 살피자 심장이 뛰는 것이 느껴졌다. 반 시체 상태였던 때보다 훨씬 나아졌다. 혈고독을 몰아내기만 한다면 환골탈태의 수법으로 신체를 되돌릴 수 있었다.

그러나 혈고독은 너무나 불안정한 상태였다. 만약 혈고독이 안정적으로 작동을 하고 있다면 무생은 바로 그것을 제거했을 것이다.

'곤란하게 되었어.'

조그마한 충격이라도 가한다면 혈마기가 머릿속에서 터질 것이다. 선천지기를 주입하는 것조차 힘들었다.

그것은 남궁민 역시 마찬가지였다. 남궁민이 간신히 정신을 차리며 무생을 바라보았다.

"누이를 살릴 있겠소?"

"살릴 수 있다. 지금 당장은 아니지만."

"그럼 되었소."

남궁민은 일어나려 하다가 힘없이 바닥에 주저앉았다. 몸에 힘이 잘 들어가지 않는 탓이었다.

"나와 내 누이는 조종을 받지 않으면 결코 살아남을 수 없었소. 하나 혈마에게 그랬던 것처럼 그 여자의 꼭두각시는 될 수 없었소."

"그 여자라면?"

"제갈미현."

무생은 조용히 고개를 끄덕였다. 대충 예상했던 바였다. 남궁민은 품에서 구슬 하나를 꺼냈다. 그것은 보물 취급을 받은 한빙옥이었다.

"혈고독의 작용을 멈추는 데 효과가 있었소."

남궁민은 혈고독이 발작을 일으킬 때마다 한빙옥으로 혈고독의 발작을 둔화시켰다.

남궁민이 그것을 무생에게 준 것은 자신의 죽음이 임박했음을 알아서였다. 이 한빙옥을 남궁소연을 위해 써주었으면 하는 마음도 있었다.

"부탁하오."

그동안 간신히 버텨온 남궁민의 생명은 안심이 되었기

때문인지 빠르게 고갈되었다. 무생은 그의 명이 다했음을 알 수 있었다. 스스로 죽음을 받아들이고 있는 자는 살릴 수 없었다. 조금만 더 빨리 만났더라면 어떻게든 했겠지만 안타깝게도 너무 늦었다.

남궁민은 남궁소연을 유지시키기 위해 자신의 기운을 대부분 나누어 주었고 한빙옥까지 무리하게 훔쳐 많은 내상을 입은 상태였다. 그 결과 남궁소연은 아슬아슬하게 목숨을 유지할 수 있었으나 남궁민은 이미 죽은 몸에 가까웠다.

무생은 화제를 돌렸다.

"제갈미현이 혈고독을 조종하고 있겠군."

"아마 그럴 것이오."

남궁소연을 살리기 위해서는 제갈미현을 없애야 했다. 혈고독을 죽이고 나서야 치료를 시작할 수 있을 것이다.

무생은 한빙옥을 손에 쥐었다. 남궁소연의 악화 상태를 멈추게 하기 위해서였다. 무생은 남궁소연을 눕혀놓고 한빙옥에 막대한 양의 선천지기를 흘려 넣기 시작했다.

샤르륵!

그러자 주변의 모든 것이 얼어붙으며 급격히 온도가 내려가기 시작했다. 한빙옥은 점차 거대해져 막대한 한기를 머금은 보석이 되었다.

남궁소연의 몸 위에 한빙옥을 올려놓았다. 남궁소연은

시간이 멈춘 것처럼 그렇게 얼어붙었다. 무생의 선천지기는 남궁소연의 몸을 파괴하도록 두지 않고 단지 얼려 모든 것을 정지시켰을 뿐이었다.

남궁민은 그 모습을 보더니 간신히 미소를 지었다.

"누이를 부탁해도 되겠소?"

"얼마든지."

남궁민은 남궁수연의 곁에 앉았다. 무생은 죽음을 향해 달려가는 남궁민을 바라보다가 입을 떼었다.

"황산에 큰 집을 지을 것이다. 세월이 아무리 가도 무너지지 않도록 견고하게."

"그 말을 들으니 안심이 되오."

남궁민은 무생의 말을 듣자 진정으로 안심이 된다는 듯 진한 미소를 그렸다. 가면이 후드득하고 떨어져 내렸다. 남궁민의 얼굴은 남궁소연과 상당히 닮아 있었다.

누가 보더라도 둘은 남매였다. 누나는 동생을 걱정하여 위험 속에서도 동생을 찾으러 다녔고 동생은 혈마의 꼭두각시가 되면서까지 누나를 지키려 했다. 그리고 최후에는 자신의 모든 것을 불태우며 무생이라는 기적에 그 마음을 연결한 것이다.

무생은 남궁민이 지금 어떤 마음인지 느낄 수 있었다. 남궁민은 육체를 잠식하는 고통에도 얼굴을 일그러뜨리지 않고 눈시울을 붉히며 웃었다.

"고맙소."

그것이 남궁민의 마지막 말이었다. 그는 남궁세가의 후계자로서 죽음을 맞이했다.

남궁민이 그 자리에서 무너졌다. 무생은 쓰러진 남궁민을 바라보다가 남궁소연의 옆에 눕혔다. 남궁민의 시신 역시 얼어붙으며 본래 상태를 유지하게 되었다.

무생은 낮은 온도에도 죽지 않고 있는 혈고독을 보며 인상을 찡그렸다. 그러다가 남궁소연을 향해 눈을 돌렸다.

"기다리거라."

남궁소연의 피부는 너무나 창백했다. 온기가 전혀 느껴지지 않았다. 살아 있는 것이 신기할 정도였다.

'살아 있으니 어떻게든……'

무생은 지금 자신의 마음이 간절함이라는 것을 깨달았다. 반드시 약조를 지키고 싶었다. 남궁소연에게 큰 집을 지어주고 그 안에서 행복해하는 것을 보고 싶었다.

무생은 남궁소연에게서 시선을 떼며 그대로 동굴 밖으로 빠져나왔다. 동굴의 입구를 막고 자신을 제외한 그 누구도 올 수 없도록 기문진을 설치했다.

할 일은 너무나도 뚜렷했다. 제갈미현과 그녀가 이끄는 혈마인들을 모조리 박살 내는 것이었다. 무생은 지금 분노하고 있었다. 지금 눈앞에 혈마가 살아 돌아온다면 백 번은 더 죽음을 경험했을 것이다.

*　　*　　*

종남파의 멸문 소식이 전해지자 무림은 큰 충격에 빠졌다. 게다가 종남파를 멸문시킨 것이 다름 아닌 모용천과 그가 이끄는 혈마인이라는 사실은 무림을 또 한 번 경악으로 몰고 갔다.

죽은 줄 알았던 모용천이 혈마가 되어 돌아왔다는 소문이 돌자 백도무림은 큰 긴장감에 빠졌다.

그리고 제갈세가 역시 변을 당했다는 소문이 확산되자 모두의 시선은 제갈미현에게 쏠렸다. 혈마인이 제갈세가를 없앴다는 소문이 퍼져 나가자 제갈미현은 슬픈 기색, 그렇지만 이성을 잃지 않고 대책을 강구하는 모습을 보여줌으로써 많은 신뢰를 얻어냈다.

그녀는 무림맹 대표의 신분으로 구파일방의 대책회의에 참여할 수 있었다. 대책회의는 원로나 장문인급의 회의가 아니라 비교적 젊은 세대, 즉 앞으로 구파일방을 이끌어가야 할 주요 인사들이 모인 자리었다.

구파일방의 장문인이나 원로들은 혈마가 가지는 위험성

을 아주 잘 알고 있기에 문을 걸어 잠그고 수비에 집중하고 있었다. 그런 소극적인 태도가 마음에 안 든 이들이 뛰쳐나와 결성한 것이 바로 이 회의였다.

'어리석은 자들이야.'

제갈미현은 그렇게 생각했다. 염마지존이 없었다면 그들은 혈교를 결코 막을 수 없었을 것이다. 지금은 혈마인과 싸워보았다는 것을 은근슬쩍 내세워 스스로에게 혈교를 막은 공을 돌리고 있었는데 정확한 것은 혈교는 염마지존이 홀로 막았다는 것이었다.

"우리가 혈마를 상대 못할 것이 뭐가 있겠소! 무공은 오히려 우리가 더 출중할지 모르오!"

"그렇소. 혈마기만 조심한다면 상대 못할 것도 없지! 황산 사태도 그랬으니까!"

이들은 무생이 혈마를 없앤 직후에 흩어지는 혈마인들과 싸운 적이 있었다. 정상적인 상태의 혈마인이 아니었지만 꽤나 큰 피해를 입고 이길 수 있었던 것이다. 그 경험을 믿고 있었다. 자신들도 구파일방의 중심으로서 충분히 혈마를 상대할 수 있다고 여기고 있었다.

"하지만 염마지존께 도움을 구해야 하지 않겠소?"

"맞는 말이오! 염마지존께서 나서신다면 확실히 혈마인 따위는 적이 될 수 없지."

"그럴 것까지 없소. 우리가 직접 나서면 되오!"

지금 장내는 무척이나 시끄러웠다. 무생신교에게 도움을 구해야 한다는 요청부터 무림 모든 세력이 새롭게 탄생한 혈마에게 대항해야 한다는 주장까지 시끄러웠다.

그들의 의견은 쉽게 통합되지 않았다. 그럴 기색을 보일 때마다 제갈미현이 날카롭게 말을 했기 때문이다.

"언제까지 염마지존에게 의지를 할 생각인가요? 혈마를 막는 것은 백도무림이 해야 할 일 아닌가요?"

제갈미현이 그렇게 말하자 장내의 인원들이 고개를 끄덕이며 동조했다. 언제부터 구파일방이 다른 이의 구원을 바랐는가?

백도무림의 기둥으로서 무림수호는 자신들이 해야 할 일이었다. 그리고 이번에 혈마를 막아섬으로써 백도무림에서 자신들의 위치를 높이고 더 나아가 구파일방이 아직 건재함을 보여주고 싶은 것이다.

"그렇다면 모용천이 있는 곳을 알아내는 것이 우선이겠군요. 그것은 저에게 맡겨주세요. 제가 힘이 되어드리지요."

제갈미현이 그렇게 말하자 장내의 모두가 미소를 지으며 고개를 끄덕였다. 제갈미현의 총명한 두뇌는 이미 무림의 모두가 알고 있는 것이었다. 제갈미현이 도움을 준다면 혈마 따위는 자신들의 상대가 되지 않을 것이라 생각했다.

뛰어난 무공 실력이 있는데 거기에 총명한 두뇌까지 더해지니 그야말로 무적이라 부를 만하다고 여기고 있는 것이다.

"무림맹에서 준비한 차입니다. 지금 같은 시기에 술은 그렇고 우리의 승리를 위해서 한 잔씩 마시는 것이 어떻겠습니까?"

제갈미현이 손짓하자 사람들이 공손한 태도로 찻주전자와 찻잔을 들고 나왔다. 제갈미현이 직접 아름다운 미소를 지으며 차를 따라주었다. 부동심을 이룬 그들이었지만 제갈미현의 미소는 그들의 마음을 흔들어놓기에 충분했다.

풍기는 매혹적인 분위기와 천하제일화로 거론되는 미모. 거기에 여걸과도 같은 당당함에 더해지자 지금 이 자리에도 그녀를 사모하는 자들이 많을 지경이었다.

"설마 영웅호걸들께서는 저 같은 계집이 따르는 차는 싫으신 건가요?"

"그럴 리가 있겠소?"

그렇게 말하자 무당의 청운도인이 자리에서 일어나며 찻잔을 들었다.

"지금 이 자리에 모이신 우리는 무림을 이끌어갈 자들이오. 혈마를 없애고 백도무림의 기둥으로서 힘을 다합시다!"

청운도인이 그렇게 말하며 차를 마시자 모두가 동조하며 잔을 들이켜기 시작했다. 차의 맛은 기가 막혔다. 그들로서는 처음 느껴보는 맛이었다. 혀 안을 파고드는 차향은 그들을 사색으로 빠지게 하기에 충분했다.

"이런 맛이……!"

"이것이 도대체 무슨 차이오?"

그들이 묻자 제갈미현은 요사스러운 미소를 지었다. 그 아름다운 미소에 그들의 눈이 흐려지기 시작했다.

"여러분들을 위해 제가 직접 준비한 차입니다. 마음에 드십니까?"

"당연하오! 제갈세가의 일… 음, 아무튼 그러한 변고도 있었는데 침착함을 유지하다니 역시 무림맹의 대표답소."

회의는 모용천에 대한 대책에서부터 화제가 변경되어 제갈미현을 칭송하는 분위기로 연결되었다. 지기 싫다는 듯 앞다투어 제갈미현을 칭찬하는 이들은 명실상부 구파일방의 실세들이었다.

제갈미현은 이들의 가소로움에 더욱 진한 미소를 그렸고 그런 분위기는 더욱 진해질 따름이었다.

'스스로의 머릿속에 무엇이 들어가고 있는지도 모르고 있구나.'

이들을 이용한다면 구파일방을 장악하는 것은 일도 아니

었다.

독곡에서 개량되어 더욱 은밀하고 치명적인 위력을 자랑하는 혈고독은 고온에서도 저온에서도 죽지 않는다. 오직 제갈미현의 명령만을 따르며 모든 것을 지배할 수 있는 것이다. 사람의 마음 역시 마찬가지였다.

맑은 기운이 느껴졌던 그들의 눈에서는 어느새 탁기가 감돌았다. 부동심이 깨지고 서서히 억눌러 놓았던 탐욕과 야망이 모습을 드러내고 있었다.

'그래, 이번 기회에 확실하게 공을 세워 명성을 날리는 거야.'

'후, 차기 장문인은 누가 뭐래도 내가 될 수밖에 없지.'

'제갈미현은 내 차지다. 흐흐.'

이런저런 생각들이 교차하고 있었다. 그들의 운명은 차를 마신 순간부터 정해져 있었다. 그것은 구파일방에게 아주 굴욕적이고 비참한 역사로 기록될 것이다.

제갈미현은 소리 내어 웃었다. 사파 연합을 장악했던 것처럼 손쉽게 구파일방의 내부로 침입할 수 있을 것 같았다.

그녀가 혈마인과 혈강시를 급격히 늘릴 수 있었던 까닭은 사파연합에 있었다. 처음에는 작은 씨앗으로 시작해 어느새 사파 연합의 전반부를 모두 장악한 것이었다.

지속적으로 만들 수 있는 혈마인과 혈강시의 숫자가 많

은 것은 모두 사파연합 덕분이었다.

'이제 슬슬 준비가 되어가고 있군. 염마지존 무생이 날 찾아내기 전까지는 시간이 꽤나 걸릴 거야.'

제갈미현은 제갈세가의 변고가 염마지존에 의한 것임을 알고 있었다. 염마지존이 자신의 존재를 눈치 챘고 그것을 막을 것을 예상하고 있었다.

'기대되는군.'

구파일방과 오대세가를 장악하고 무림을 파괴하는 것보다 더 기대되는 것이 바로 염마지존이었다.

그 대단한 남자가 자신을 제대로 볼 때 그 희열은 이루말 할 수 없을 것이다.

염마지존이 있기에 자신은 실패할 지도 몰랐고 그가 있기에 성공할 수도 있었다.

'남궁소연… 그 계집을 회수하지 못한 것이 아쉽지만 괜찮겠지. 어차피 나를 거스를 수는 없으니까.'

혈고독이 주입된 자는 모두 자신의 사소한 손가락질 하나에 목숨이 날아갈 수도 있었다.

이것이 그녀가 가진 최고의 무기였다. 그 어느 무공보다도 치명적인 무기였다.

"그럼, 다시 회의를 시작할까요?"

"음! 좋소!"

"허허! 백도무림의 앞날은 참으로 밝구려!"

어리석은 자들을 보며 모든 것은 자신의 뜻대로 될 것임을 제갈미현은 의심하지 않았다.

# 第十一章

독곡과 음모

무한으로 돌아온 무생은 구화를 다시 찾아갔다. 홀로 모든 것을 해결하기는 어려웠다.

혈마 같은 경우에는 한곳에 집중되어 있어 운이 좋게 해결했지만 지금은 아니었다.

제갈미현은 어떻게 생각해 보면 혈마보다 더 상대하기 까다로울 것 같았다. 혈마는 스스로 모습을 드러내서 자극해 왔지만 제갈미현은 그렇지 않을 것이 분명했다.

"과연… 알겠습니다. 지금 즉시 전갈을 보내도록 하지요."

무생이 일련의 일들을 알려주자 구화는 빠르게 전갈을 보냈다. 하오문은 무생신교와도, 무금성과도 연결되어 있으니 분명 소식이 빠르게 닿을 것이다. 하오문에서 움직였으니 개방 역시 마찬가지로 움직임을 보일 것이다.

무생은 구화를 바라보며 입을 떼었다.

"혈마인이 갑작스럽게 많아진 이유가 궁금하군. 짐작 가는 곳이 있나?"

"혈마인을 다량으로 만들기 위해서는 그만큼 많은 준비가 필요하다고 알려져 있으니 제갈미현은 분명 충분한 것들이 있는 그런 곳을 장악했을 겁니다."

"음……."

무생은 그런 곳이 어디 있을까 하고 생각해 보았다. 구파일방은 일단 제외였다.

구파일방이 제갈미현에게 협조할 리 없었고 특히 혈마인에 관한 경우에는 굉장한 적대심을 보이고 있었다. 제갈미현에게 협조할 이유도 없고 말이다.

'마교는 아니다.'

마교는 무생이 직접 갔다 왔으니 제외하니 남은 것은 세외세력이나 사파 연합, 그리고 백도무림이라 말하기 힘든 기타 세력이었다.

"사파 연합, 그쪽은 어떤가?"

"그러고 보니 요즘 들어 묘하게 조용하더군요. 평소 같았으면 구파일방에 대한 비난을 서슴지 않았을 텐데 말이죠." '

"조용하다라……."

무생은 고개를 끄덕였다. 사파 연합은 구파일방에 원한을 가지고 있었다. 제갈미현이 움직이는 데 사파연합을 이용하는 편이 훨씬 편할 것이다.

"그리고 강시나 섭혼술, 독 같은 것을 전문적으로 취급하는 사파도 있습니다. 혈교가 붕괴되고 그 기반이 모두 사라졌으니 단기간에·모든 것을 복원하기는 무리였을 겁니다. 아마 사파 쪽에서 혈마인을 만든 것이 아닐까 하고 추측해 봅니다만……."

"그럴 가능성이 크겠군. 재료와 지식만 있다면 충분하니 말이야."

문제는 사파연합이 순순히 제갈미현의 음모에 동의한 것인가, 아니면 장악되어 제갈미현의 개가 된 것인가였다.

둘 다 심각한 것이었지만 후자의 경우는 더 큰 위협이었다.

무생이 판단하는 혈고독은 치명적이기는 하나 배양이 어렵고 중독시키는 것에 노력을 기울여야 했다. 그랬기 때문에 혈마가 모습을 드러냈을 당시에 주요 핵심 인물들만 혈고독에 중독되어 있던 것이다.

만약 사파 연합을 장악할 정도의 개량된 혈고독을 완성했다고 하면 구파일방이라 해도 화를 피해갈 수 없었다. 그리고 누구보다 압도적인 힘을 지니고 있는 무생이라 하여도 커져가는 피해를 막을 수는 없을 것이다.

"최대한 모두에게 알리도록 노력해라. 마지막으로 마교에도 알려라. 내 이름으로 보내면 받아줄 것이다."

"알겠습니다. 저 대협……."

무생이 구화를 바라보자 구화는 입을 열었다. 자신이 아는 것을 말해줄 차례였다.

"종남파가 멸문했습니다."

"종남……? 구파일방의?"

종남파가 멸문했다는 소식은 무생에게도 조금 충격이었다. 그 말은 벌써 기반이 다져지고 준비가 끝났다는 뜻이되었다.

"그 흉수가 누구인지 알려졌는데……."

"누구지?"

구화는 심각한 표정이 되었다. 그 흉사가 무생에게 가지는 의미는 조금 특별했기 때문이다. 구화도 자세한 사정은 모르지만 흉수와 무생의 관계를 대략 알고 있었다.

"모용천입니다."

무생은 모용천이라는 이름을 듣는 순간 눈이 커졌다. 그리고는 차갑게 표정이 가라앉았다. 사지가 잘려 나간 모용천을 마지막으로 본 기억이 있는 무생이었다.

'질기군, 질겨.'

굉장한 악연이었다. 모용천이 죽지 않고 살아남아 또다시 자신의 앞에 선 것이다. 무생이 가장 성가셔 하는 자는 자신을 죽음 진전까지 몰아넣었던 혈마가 아니었다.

바로 지긋지긋하게 모습을 드러내서 자신을 자극시키는 모용천, 바로 그자였다.

무생은 모용천의 숨통을 확실히 끊어버릴 것을 다짐했다. 그리고 제갈미현을 없애고 남궁소연을 살릴 것을 다짐했다.

"마지막이 되었으면 좋겠군."

혈마인을 확실히 처리해야지만 황산으로 가서 집을 지을 수 있을 것 같았다.

무생이 자리에서 일어났다. 그러자 구화는 공손하게 일어났다.

"사파 쪽으로 가신다면… 독곡에 가보시는 것이 좋을 것 같습니다. 그들이 쌓아온 노하우는 대단하다고 들었으니 이번 일과 관련이 있을 수도 있습니다."

"독곡이라……."

무생이 고개를 끄덕임과 동시에 무생의 신형이 사라졌

다. 구화는 눈앞에서 무생이 사라지는 모습을 보고 감탄했다. 마치 그 존재 자체가 없어진 것 같은, 이미 신선에 경지를 초월한 무적수라보였다.

*　　　*　　　*

독곡은 강서성에 위치해 있었다. 해발이 높고 대부분이 돌산이라 독곡이 그 모습을 숨기기에는 적당한 곳이었다. 겨울에도 춥지 않은 탓에 극독을 만들기에는 최적의 장소였다.

무생은 하오문의 모든 정보를 동원해 독곡의 위치를 알 수 있었다.

독곡은 아는 자가 적고 그 위치가 매우 은밀했지만 하오문과 개방의 시선을 벗어날 수는 없었다.

정식적인 회의는 아니었지만 구파일방의 인원들이 참석한 회의 이후로 제갈미현은 모습을 감추었다.

마치 사라진 것같이 감추어서 하오문이나 개방 역시 그녀를 찾지 못했다.

무생은 그녀가 독곡에 있을 가능성을 크게 보아 빠르게 독곡으로 향한 것이다.

독곡 주변의 환경은 음산하기 그지없었다.

주변 마을 사람들은 아예 접근조차 하지 않을 정도였다.

하지만 그것이 오히려 무생에게 위치를 알려주는 꼴이 되었다.

'이쯤이겠군.'

나무가 듬성듬성 나 있는 바위 산맥은 그리 보기 좋은 모습은 아니었다.

여기저기 독충도 깔려 있어 누구도 접근하지 않는 것이 무리가 아니었다.

하지만 영생산에 비하면 이런 독충 따위는 개미보다 못할 지경이었다.

영생산의 독충들은 사람도 순식간에 녹여 잡아먹는 요괴에 가까운 것들이었다.

이 정도 독충으로는 독노가 좋아하는 독술도 담그지 못할 것이다.

무생은 무적수라보를 전개해 빠르게 독곡의 입구를 찾기 시작했다.

기문진의 흔적을 따라가자 독곡의 입구를 쉽게 찾을 수 있었다.

안개가 가려져 있기는 하지만 무생에게는 별다른 영향을 끼치지 못했다.

"여기로군."

독곡은 오로지 바위와 동굴로만 이루어진 곳이었다. 나무의 흔적도 찾아볼 수 없었고 작게 뚫린 입구만이 보일 뿐이었다. 문을 지키는 자들은 존재하지 않았다.

인기척이라고는 느껴지지 않은 모습에 살짝 인상을 찡그린 무생은 망설일 것도 없다는 듯 안으로 들어갔다.

좁은 통로를 지나자 조금씩 길이 커지기 시작하더니 인위적으로 만들어놓은 풍경이 모습을 드러냈다.

내부는 어두웠지만 간간이 횃불이 매달려 있어 충분한 시야 확보가 되었다.

"음."

피 냄새가 진하게 났다. 이 냄새는 황산이 붉게 변했을 당시의 냄새와 비슷했다.

독곡 안은 붉은 연기로 가득 차 있었다.

무생이 통로를 가로질러 가자 제법 커다란 공간이 나왔다.

그곳에는 수십 개의 관이 있었고 여기저기 시체가 쌓여 있었다.

죽은 지 보름이 되지 않은 시체였는데 혈마기 탓인지 썩고 있지는 않았다.

"여기서 만들었군."

그동안의 곳들보다 훨씬 체계적으로 보였다. 한쪽에 있

는 항아리에는 꿈틀거리는 혈고독이 가득했다.

"흐, 흐으으!"

기이한 소리에 무생은 고개를 돌려 소리의 진원지를 바라보았다. 무생이 바라본 곳에는 늙은 노인 하나가 사지가 잘린 채 매달려 있었다.

"누, 누구요!"

노인이 한쪽밖에 남지 않는 눈을 떠 무생을 바라보았다. 노인은 무생의 모습을 본 순간 몸을 바르르 떨었다.

"여, 염마지존 무생!"

"나를 아는가?"

"왔군, 오고야 말았어."

그는 독곡의 곡주였다.

"여기서 혈마인을 만든 건가?"

"혈마인뿐만 아니라 혈강시도 대량 제조되었지. 우리가 구비하고 있던 모든 것이 들어갔어. 이 주위의 사파들은 씨가 마를 지경이었지."

"배후는 제갈미현인가?"

무생이 묻자 곡주의 얼굴은 심하게 일그러졌다. 무생은 그를 이렇게 만든 것이 제갈미현임을 짐작할 수 있었다.

"모조리 죽였어. 모조리… 독곡은 더 이상 존재하지 않아."

"어디로 갔지?"

이곳에는 제갈미현은 없었다. 혈마인과 혈강시가 제조된 흔적만이 남아 있을 뿐이었고 이미 다른 곳으로 옮겨간 것 같았다.

"화산, 소림, 무당… 모두 갔지. 염마지존이 이곳에 왔다 면 이미 피할 수 없을 것이야."

곡주의 말은 이미 제갈미현이 구파일방을 향해 움직이기 시작했음을 알려주었다. 생각보다 일이 빨리 진행된 느낌 이었다.

곡주의 입에서 피가 뿜어져 나왔다. 곡독주는 간신히 입 을 떼어 말하기 시작했다.

"이… 곳에서… 나가! 그년은 자네가 올 것을 예상했어."

위기감이 넘치는 목소리였다. 곡주는 그 말을 끝으로 목 숨이 끊어졌다. 동시에 독곡에 설치되어 있던 기문진이 작 동하기 시작했다.

쾅!!

무생의 정면에 있던 문이 닫혔다. 그리고 순차적으로 모 든 문이 폐쇄되더니 그 위로 돌들이 무너졌다.

침묵이 자리 잡았다. 하나, 무생은 죽은 곡주의 걱정과는 달리 아무런 느낌을 받지 않았다.

"시간 벌기인가?"

무생은 입구를 막은 문을 만져 보았다. 정성들여 만든 것이 확실한 단단한 문이었다. 검기조차도 간신히 들어갈 정도의 재질이었다.

"함정이었군."

제갈미현이 무생을 가두기 위해 설치한 것으로 보였다. 하지만 그녀가 생각하지 못한 것이 있었다.

제갈미현은 무생을 인간의 범주라고 생각하고 있었지만 무생은 그것을 아득히 초월했다.

이런 함정 따위는 시간 벌기조차 안 될 정도로 말이다.

애초부터 무생은 그 단단하기 그지없는 천년산맥을 녹여 무적적룡궁을 만들었다.

저 문과 이 바위산맥이 단단하기는 하지만 못 뚫을 것도 아니었다.

무생이 염강기를 일으킨 순간 주변에 있던 관이 흔들리더니 혈마강기가 치솟았다.

"혈강시인가."

돌로 된 관의 뚜껑을 부수어 버리고 등장한 것은 많은 수의 혈강시였다. 혈강시가 나타나자 모든 횃불이 꺼졌다. 그리고 혈마기가 주변에 자욱하게 일렁였다.

화경의 고수라도 금세 내상을 입고 혈강시 손에 도륙될 것이다. 그러나 무생은 흥미가 없다는 듯 혈강시를 바라보다가 선천지기를 개방했다.

달려드는 많은 수의 혈강시를 보면서 마교에서 깨달은 것을 써보기로 했다.

그것은 천마신공과 자신의 무공들의 정수를 조합하는 것이었다.

무생의 무공은 그 자체로도 완벽했지만 지금 무생은 더욱 파괴적인 위력을 원했다.

저 혈강시를 없애 버리고 바위 산맥에서 단숨에 벗어날 정도의 위력을 말이다.


무생록(無生錄) 삼식(三式).


무생은 무생록 삼 단계를 개방했다. 어두운 동굴 안을 밝히며 크게 타오르는 염강기는 혈강시가 감당하기에는 너무나도 찬란한 빛이었다.

무생록 삼 단계는 그가 생각한 모든 것을 포용할 수 있었다.

무생은 천천히 선천지기를 운용하기 시작했다. 순간 뿜어져 나오는 선천지기의 분위기가 달라졌다.


천주강림(天主降臨).

황금빛 염강기가 검게 물들어가며 주변은 빛과 어둠이 교차하기 시작했다.

마치 찬란한 태양과 어두운 밤이 공존하는 듯한 모습이었다.

음과 양, 그리고 오행의 조화를 넘어선 모든 진리가 그곳에 포함되어 있었다.

염마강기.

황금빛과 검음이 공존하는 염마강기가 무생의 몸에서 뿜어져 나왔다.

무생은 천마신공을 완전히 무생록에 녹였다. 그리고 그것을 바탕으로 무생록을 정공과 마공을 초월한 단 하나의 무공으로 완성시켰다.

무생의 주먹이 쥐어졌다. 어마어마하게 폭사되어 나오는 염마강기는 그 어떤 혈강시의 침입도 불허했다.

다가오지조차 못하고 튕겨져 나가며 그대로 몸이 터져 나간 것이다.

염마파천권장.

압도적인 크기의 파천권장이 뿜어져 나갔다. 염마강기로 이루어진 무생의 수강은 혈강시를 모조리 쓸어버리고는 그대로 단단한 재질의 문에 직격했다.

사아아!

타격음은 작았다. 그저 무너져 내리는 소리만 들릴 뿐이었다.

염마파천권장은 그대로 여러 개의 문을 부수고 바위마저 가르고 난 후에야 사라졌다.

제갈미현이 무생을 잡아두기 위해 해놓았던 것들은 시간 벌이조차 되지 않았다.

무생은 독곡의 내부를 잠시 바라보다가 그대로 염마강기를 뿜으며 모조리 없애 버렸다.

강한 생명력을 자랑하는 혈고독은 염마강기에 닿자마자 터져 버리며 사라졌고 남아 있던 혈마인이나 혈강시들 역시 마찬가지였다.

무생은 곡주의 시신을 태워 없앤 다음 독곡을 빠져나왔다.

제갈미현을 찾아내지는 못했지만 제갈미현이 이미 구파일방에 손을 뻗힌 것을 알아내었다.

무생이 바닥을 박차자 무생의 신형이 사라졌다. 염마강

림보는 희미한 잔상조차 그리지 않고 무생을 말 그대로 사라지게 만들어주었다.

무생의 그런 질주는 제갈미현이 예상하지 못한 결과였다.

*　　　*　　　*

소림은 구파일방의 자존심이자 기둥이었다.

무림의 역사 동안 단 한 번도 침입을 허용한 적이 없고 굳건히 그 자리를 지키고 있는 살아 있는 역사였다.

하지만 그것이 깨져가고 있었다. 단 한 존재에 의해서 말이다.

"크으! 백팔나한진이 이토록 쉽게……!"

백팔나한진이 허무하게 깨져 나가며 나한들은 쓰러져서 일어나지 못했다.

검붉은 혈마강기에 당한 나한들의 혈맥은 모조리 파괴되었고 고통에 몸부림치다가 죽음을 맞이했다.

소림방주는 눈앞에 나타난 괴물을 바라보았다. 그는 모용천이었다. 소림방주는 모용천이 어렸을 적 몇 번 이야기를 나누었던 적이 있었다.

명문세가의 자제 치고는 탐욕과 이기심이 너무 심해 크

게 될 아이는 아니라 생각했다. 하지만 그 생각이 틀렸음을 지금 깨달았다.

"설마 혈마지체를 이루어 혈마가 되었을 줄이야. 아니, 혈마 그 이상이라니……."

끊임없는 공력은 완벽한 혈마가 되었다는 증거였다.

모용천은 기이한 웃음을 지으며 나한들을 학살하기 시작했다.

그러한 모용천 뒤에 나타난 것은 무림맹의 대표 자격으로 있던 제갈미현이었다.

"오랜만이군요. 방주님."

"제갈미현… 너의 사악함을 알고 있었다만 이 정도로 어리석을 줄이야."

"어리석은 것은 약한 자들이겠지요. 자신의 죽음조차 선택할 수 없는 저런 중들 말이에요."

제갈미현이 나한들을 가리키며 말하자 방주의 얼굴이 일그러졌다. 방주는 나한들을 뒤로 물렸다.

소림의 모두가 나와 대치하고 있었지만 도저히 압도적인 모용천을 당해낼 방도가 보이지 않았다.

마치 염마지존이 생각날 정도로 압도적인 무공이었다. 게다가 모용천의 뒤에 나타난 혈마인의 숫자도 굉장히 많았다.

방주의 얼굴이 고통으로 물들어갔다. 소림이 이토록 허망하게 밀릴 줄 방주는 예상하지 못했었다. 악을 구제해야 하는 소림이 오히려 악에게 당한 것이다.

　"걱정 마세요. 다 죽이러 온 것은 아니니까."

　"네가 아무리 음모를 꾸며도 구파일방, 그리고 무림을 당해낼 수는 없을 것이다."

　"과연 그럴까요?"

　제갈미현은 미소 지었다. 아름다운 미소였지만 방주의 눈에는 그 무엇보다 섬뜩해 보였다.

　방주는 제갈미현이 무리하게 소림을 친 까닭은 무슨 목적이 있는 것으로 보였다.

　"참회동을 개방해 주셔야겠어요."

　제갈미현의 말에 방주는 제갈미현의 목적이 참회동의 죄수들에게 있음을 알 수 있었다.

　참회동의 죄수는 구파일방이 잡아들인 사악한 존재들로, 하나같이 고수였다.

　참회하기를 바라는 마음에서 절대 빠져나올 수 없는 참회동에 가두어 놓은 것이었다.

　"정녕 하늘이 두렵지 않느냐!"

　"하늘 따위는 두렵지 않아요."

　"네 뜻대로 되지 않을 것이다."

방주의 말에 제갈미현은 고개를 저었다. 그리고 모용천에게 손짓하자 모용천은 혈마강기를 일으키며 소림사의 제자들을 간단히 날려 버렸다.

　혈마강기에 당하자 입가에 피를 토하며 운기조식을 해야만 했다.

　모용천과 제갈미현이 참회동으로 향하려 하자 소림 방주가 막아섰다.

　방주는 내력을 모두 끌어 올리며 제갈미현을 치려고 했다.

　모용천은 그것을 알면서도 모른 척 외면했다.

　제갈미현의 앞까지 당도한 순간 방주의 몸이 멈췄다. 방주는 입가에 피를 토했다.

　다급히 좌선해서 운공을 하여 몸 안에 있는 혈고독을 감지해 냈다.

　"어느새……?"

　"과연 소림 방주이시군요. 혈고독이 자리를 잡기 전에 알아챌 줄이야."

　분명 예전에 혈고독이 침입했음이 분명했다.

　방주는 제갈미현의 치밀함이 치를 떨다가 그대로 운공을 하여 혈고독에 대항하기 시작했다.

　"참회동을 개방해."

제갈미현의 말에 모용천은 그녀를 힐끔 바라보다가 다시 웃음 짓고는 참회동 쪽으로 가기 시작했다.

'아깝군.'

모용천은 소림 방주가 조금만 더 무리를 했더라면 충분히 제갈미현을 죽일 수 있을 것이라 생각했다.

하지만 안타깝게도 약간 모자랐다. 모용천은 아쉬운 마음을 감추며 참회동 앞으로 다가갔다.

마두들이 혈마강기가 감도는 모용천의 모습을 보자 기대감에 부풀어 올랐다.

"혀, 혈마지존이시여!"

"당신을 따르겠습니다!"

제갈미현은 밖에 있었다.

모용천은 뒤를 힐끔 바라보다가 마두들에게로 시선을 옮겼다.

그리고는 전과는 다른 미소를 지었다. 섬뜩한 느낌이 드는 미소에 마두들은 말을 잊고 침묵을 지켰다.

"흐, 흐흐."

모용천은 다시 그렇게 웃고는 혈마강기로 감옥을 모조리 잘라 버렸다.

그러자 수감되어 있던 마두들이 감옥에서 걸어 나와 모용천 앞에 무릎을 꿇었다.

모용천의 모습은 그 누구보다 강력한 혈마지존 그 자체였고 소림을 박살 낸 것만 보더라도 따를 가치는 충분했다.

'크큭, 기다려라. 무생.'

제갈미현을 없앤 다음에 죽이는 것은 무생이 될 터였다.

『무생록』8권에 계속…

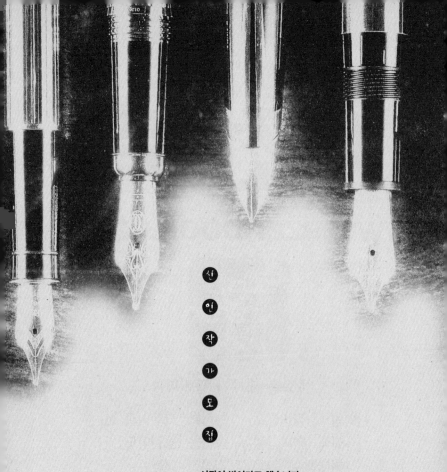

신
인
작
가
도
집

**시작이 반이라고 했습니다.**
**작가의 길에 대한 보이지 않는 벽을 과감히 깨뜨리십시오!**
**청어람은 작가 지망생 여러분들의**
**멋진 방향타가 되어드리겠습니다.**

저희 도서출판 청어람에서는
소설 신인 작가분들을 모집합니다.
판타지와 무협을 사랑하시는 분들의 많은 참여를 바랍니다.
소정의 원고(A4용지 150매)를 메일이나 우편으로 보내주시면
검토 후 출판 여부를 알려드리겠습니다.

**주소**:경기도 부천시 원미구 심곡2동 163-2 서경B/D 2F 우편번호 420-822
**TEL**:032-656-4452 · **FAX**:032-656-4453
http://**www.chungeoram.com**
**e-mail**:chungeoram@chungeoram.com

# 용병귀환

유왕 판타지 장편 소설

**수십 년 전, 용병왕의 등장으로 생겨난
왕국과 용병의 세계.
평소엔 한없이 가볍지만 화나면 누구보다 무서운,
놀고먹고 싶은 그가 돌아왔다!**

하지만 바람과는 달리 과거 그의 앙숙과 대륙의 판도는
도저히 그를 놓아주질 않는데……

**"용병은 그냥, 돈 받고 칼을 빌려주는 놈들이니까."**

그의 용병 철학은 단순했다.

**"물론, 누구에게 빌려주느냐가 문제겠지?"**

# 도시의 주인

말리브 장편 소설
FUSION FANTASTIC STORY

말리브 작가의 신작 현대 판타지!

죽기 위해 오른 히말라야.
그러나, 죽음의 끝에 기연을 만나다!

『도시의 주인』

다시 한 번 주어진 운명.
이제까지의 과거는 없다!

소중한 이를 위해! 정의를 외친다!